"行走的课堂"游学纪实丛书
主编 林乐光

华夏文明探源

山西、河南游学纪实

付建河 刘文娟 张小萌 等◎编著

知识产权出版社
全国百佳图书出版单位

图书在版编目（CIP）数据

华夏文明探源：山西、河南游学纪实 / 付建河等编著.
—北京：知识产权出版社，2016.7
（“行走的课堂”游学纪实丛书 / 林乐光主编）
ISBN 978-7-5130-4086-0

Ⅰ.①华… Ⅱ.①付… Ⅲ.①纪实文学—作品集—中国—当代 Ⅳ.①I25

中国版本图书馆 CIP 数据核字（2016）第 050597 号

内容提要

随着中小学游学活动的日益普及，“如何充分利用游学形式实现教育目的”这一课题便提上日程。本书立足于一次成功的游学实践，从游前准备、游学实施和游后总结等方面给出一个范例。作者没有把游学当成一次简单的综合社会实践活动，而是将其作为一门课程进行开发，从制订课程标准、编写学习手册，到课程实施、教学效果评价，面面俱到，课后并对其进行理论性总结和反思。同时，本书也记录了游学教学过程中的精华片段，汇集了师生的优秀游记。因此，本书可作为中小学游学课程开发的范本，也可为热爱历史文化、关心人文社会同时面临中高考任务的学生提供启迪，还可作为喜欢旅游人士的出行参考。

责任编辑： 陈晶晶　　　　**责任出版：** 刘译文

华夏文明探源

——山西、河南游学纪实

付建河　刘文娟　张小萌 等　编著

出版发行：	知识产权出版社有限责任公司	网　　址：	http://www.ipph.cn
社　　址：	北京市海淀区西外太平庄 55 号	邮　　编：	100081
责编电话：	010-82000860 转 8391	责编邮箱：	shiny-chjj@163.com
发行电话：	010-82000860 转 8101/8102	发行传真：	010-82000893/82005070/82000270
印　　刷：	北京科信印刷有限公司	经　　销：	各大网上书店、新华书店及相关专业书店
开　　本：	720mm×1000mm　1/16	印　　张：	13.75
版　　次：	2016 年 7 月第 1 版	印　　次：	2016 年 7 月第 1 次印刷
字　　数：	230 千字	定　　价：	42.00 元

ISBN 978-7-5130-4086-0

云冈 20 号石窟大佛前合影

讨论学习中

【物是人非，从前的名门望族已成为古墓荒丘，只余下不减当年辉煌的乔家大院，道出那段繁华】——张乐陶

【九河途径，水雾腾飞，宛如千年一叹】——聂　雯

【在这个清晨，我才悄然发现，你千百年来默默的守护】——胡千千

【非僧人，但能做到慈悲、遇合，那真是一极高境界】——刘荔昀

【晋祠之古木，老枝纵横，至今仍生机勃勃，郁郁苍苍】——鲁　澎

【造七级浮屠能胜积德行善？】——马　冉

【古老的青石板诉说着历史的沉重，厚厚的青苔演绎着袁林的清幽】——山雯雯

【仰望历史的天空】——王世宏

【体验龙门石窟的别样风情——山水石人，风景如画】——董玟悦

【累了，便坐下来聊聊一路的见闻，以学为主、游为辅，这就是我们的游学百态】
——王智慧

【见证中国文化的走廊】——余　悦

【累了，便坐下来聊聊一路的见闻，以学为主、游为辅，这就是我们的游学百态】
——王智慧

【推开历史之门】——李泊桥

【用求知的心去感受文化的魅力】——李泊桥

【平遥·穿越】——王世宏

序　　言

“读万卷书，行万里路”，是中国传承至今家喻户晓的教育古训。两千多年前，孔子就率领众弟子周游列国，增进弟子的学识，培养弟子的品质，开阔弟子的眼界。李白、苏轼、徐霞客，无不饱览祖国名山大川，无不心中充满爱国情怀。

北京九中的育人目标是“关注健康，尊重个性，培养勇于负责、善于学习的现代公民”。现代公民必然是世界公民，我们与世界的距离是如此之近。我们要心怀祖国，放眼世界，既要尊重和理解国外的优秀文化，也要弘扬和传播中国的传统文化。

为此，学校把“游学课程”作为现代公民教育的重要内容，通过“行走中国”，每年组织大家到国内文化积淀深厚的地区，探寻中华优秀传统文化的根源，汲取中华优秀传统文化的营养，在文化中熏陶，在文化中积淀，在文化中砥砺前行。学校亦通过“游学世界”，每年组织大家到英国、美国、德国等国家，在与国外同龄人的交流中，增进彼此的了解和友谊，感受不同的文化，培养国际视野；在学习外国优秀青少年的优点的同时，展现中国当代青少年的风采，传播博大精深的中华先进文化，弘扬源远流长的中华传统美德。

文化是一种传承，文化是一种感悟，文化是民族的血脉和灵魂。期待九中学子在游学课程中，传承中华优秀文化，传播中华优秀文化，不断增强文化自觉和文化自信，不断丰富文化内涵和文化精神，昂首做有抱负、有担当、有品位的现代公民。

北京市第九中学校长　林乐光

目　录

第一篇
知行合一：游学课程述要

为践行全人教育，实现学校的培养目标，北京九中积极开发游学校本课程，将之作为建设和落实学校校本课程体系的一个重要环节。该课程以学生和教师精心选择的旅游景点为切入点，多维度发掘知识和情感教育资源，实现学科综合渗透，把学习的过程与实践的过程有机结合起来。开发该课程为学生主动、深度参与课程，提高综合实践能力，转变学习方式，培养学生的持久学习力提供了平台；终极目标是深化学生的人文与自然素养，培养责任感，渗透道德和价值观教育，服务于全人教育。

一、游学及游学研究现状

近10年来，各地中小学组织学生游学的活动日益频繁。游学的迅猛发展说明它适应了某种社会需要，得到了学校、学生和家长的认可；同时也暴露出了一些问题，主要是“游”而不“学”的问题，也有组织混乱、收费不透明等问题，这主要集中在“海外游学”方面。❶

对游学活动的报道和研究也随之兴起，但仍多为个人经验和感悟汇报，缺少学理探究。也有人梳理了我国历史上游学教育的发展脉络❷，或介绍西方国家游学历史与成绩❸，对今天我们的游学活动也有所启示。

目前，对“游学”概念没有形成一个公认的基本定义。有人认为游学是“一种国际性跨文化体验式教育模式”❹，这显然窄化了游学范围，弱化了游学意义。有人虽然提倡“主题游学”“励志游学”，但仍把游学看作是留学的前期准备，当成一份“生意”，而非开发一门“课程”❺。

也有学校和老师在游学实施和反思、理论探索方面取得了不小的成就。有些学校开设了“生态游学”课程，以弥补现代教育中生态课程偏失、生态和生命科学素养不足的缺陷，体验生态之美，创造“向大地学知识，与

---

❶ 例如：付勤．游学应回归精神本源［N］．湖北日报，2013-07-12（003）；陈文静．游学夏令营：跟风还是“取经”？［J］．湖南教育（中），2012（8）：4-7；唐毓商，靳晓燕．游学背后是“游”？是“学”？［J］．考试：新英语，2012（9）：4-5；章中林．“游学”被异化，谁该负责［J］．内蒙古教育，2012（9）：74；宋亮．少年游学防止走偏［J］．教育旬刊，2013，1（上）：35-36；郭文斌．组织学生出国“游学”需要“剥掉”私利［J］．湖南教育旬刊，2013，5（上）：15；苑广阔．游学乱象亟待立法规制［N］．法制日报，2014-07-24（007）；孟刚．游学到底该由谁组织［N］．中国消费者报．2014-06-18（C02）．

❷ 涂春容，粟斌．游学教育发展脉络探究［J］．遵义师范学院学报，2012（2）：84-87．

❸ 邵冠青．行走的力量：伊丽莎白一世时期的教育旅行研究［D］．上海：上海大学，2013．

❹ 游学：游走在历史与文化之间［J］．科学之友，2005（10）：80-83．

❺ 良师．选择游学的N种理由［J］．21世纪，2006（7）：6-10．

万物交朋友，让知识走出书本，让能力走进生活”的教育契机。[1]有些学校将游学课程化、常规化，认识并做到“‘游’是‘学’的方式，‘学’是‘游’的目的”，特别强调课程主体的主动参与、深度参与，开展“跨校一日游”“本土文化游”和国际游学，[2]推进了游学课程的实践和理论研究。有些学校和老师从人文游学的定位出发，制定旨在感悟中华文化风骨的游学核心行程，策划与实施各种人文活动，创设教育情境，包括随行讲座、现场仪式、人文论坛、实践活动等，并着重探讨了游学过程中教师的教育职责和功能。[3]

然而总体来说，游学活动虽然呈星火燎原之势而迅猛发展，但规范性不够，教育行政部门几乎没有相关的顶层设计。对游学经验和理论的归纳和反思多由实施游学活动的一线教师进行，学科和教育专家仍然缺席。有些学校虽然已经意识到将游学当成一门课程来认真对待，但在课程开发、设置、实施等环节上还不够规范。作为校本课程的游学还需要更多理论和实践的探索。

二、概念界定

既然要把游学定位为校本课程，首要的工作是对相关概念的界定和厘清。

游学：现代意义上的游学，在广义上是指文化旅游，即在旅游中设计旅游主题，在休闲放松的游玩同时注重开阔眼界、增长见识；狭义的游学，是指学校、教师为达到某种教育教学目标，经过精心准备，组织学生以旅游的形式进行的教育教学活动。

游学校本课程：是学校为贯彻国家课程和地方课程任务要求，为实现学校办学理念，根据学校和学生的实际条件所开发、开设的以游学为载体的校

---

[1] 赖婷好，郭雄军．生态游学在台湾中小学教育的体现［J］．科学课，2012（8）：55.

[2] 钱澜，张勤坚．让游与学深度融合——江苏省太仓市实验小学的游学课程［J］．人民教育，2012（19）：43-46.

[3] 于鸿雁．播撒人文种子 坚守教育理想——北京四中人文游学活动的实践与反思［J］．中国德育，2011（1）：55-58.

本课程。它把游学活动正规化、系列化，规定了培养目标、具体内容和实施方法，并有一套可以具体实施的策略以及恰当评价的方法。游学校本课程是国家综合实践课程的校本落实。

三、游学课程开设背景和原因

1. 现代教育理念要求

坚持教育与社会实践相结合，培养德智体美劳全面发展的社会主义建设者和接班人的教育方针对学生的综合实践能力提出了确切的要求。《国家中长期教育改革和发展规划纲要（2010—2020年）》要求：着力提高学生“善于解决问题的实践能力”；“优化知识结构，丰富社会实践，强化能力培养。着力提高学生的学习能力、实践能力、创新能力”；坚持“理论学习与社会实践的统一”；对高中阶段教育特别要求“注重培养学生自主学习、自强自立和适应社会的能力”。教育要“注重知行统一。充分利用社会教育资源，开展各种课外、校外活动”。在“学生适应社会和就业创业能力不强，创新型、实用型、复合型人才紧缺”的情况下，学校教育要引导学生走出教室，走出书本，走进社会，走进生活，寓学于游，知行并进。而仅仅通过国家和地方课程，拘泥于传统课程、传统教学方式、方法显然很难实现上述要求。

2. 弥补传统课程缺陷

毋庸讳言，我国现行的教育和课程体制仍然是工业化初期时代的模式，已经不能满足现代化的迅速发展对人才培养和人性完善的需求。因为传统国家课程的整齐划一是“流水线”式的批量生产专门人才的产物，适应和助长了应试教育，是培养标准化人才而非个性化发展人才的教育；而学生的学习经验是超越教师预测和控制的，只有提供更丰富多彩的学习素材，设计多种多样的学习活动，实行灵活弹性的学习评价，才能创造个性化的学习经验，满足不同学生个性发展的需要。游学课程正是可以满足这种需要的课程安排。

在游学校本课程实践中，师生共同面对全新的教学对象和内容，都需要从各自的知识基础出发去赏析、探究，需要创造性的感知、领悟、分析、实验，不是被动地接受，而是主动生成；游学教学内容丰富多彩、可选择性极强，是身处情境中的现场教学方式，种种不可预料的新情境、新发现、新问题、新收获，都推动着课程实施的不断深入、不断拓展。

学生的学习活动是一种多元价值的实现过程。无论教师和学生是否意识到这一点，学习都应该是除了知识价值外，还包含伦理价值、艺术价值和政治意识形态价值等多元价值的实现。传统课程和课堂教学，不论课堂形式和技巧如何翻新，总是逃不脱传递知识、记忆知识、巩固知识和培训技巧的传统模式，是只有“教书”而没有“育人”，只是工具，理性而缺乏情感共鸣。游学课程的意义在于能创造一个真实的课堂情境，丰富学生的生活实践，使学生感受美并领悟文化的价值，增强学生对他者的尊重、对自然的敬畏、对未知领域的好奇，总之是促进学生沿着正确的轨道向“成人”的目标自由成长。

课程是生成学生学习经验和能力的总体。传统课程只能在封闭的系统中提供有限的学习经验和较为单一的价值，而游学课程立足于学生的真实感悟、体验和实践，在更广阔的社会、文化情境中丰富学生的经验。“教育游学的价值意义在于体验的更新与升级；教育游学的生命力在于不断转化、改造、创造个性化的经验，加以反思，走出经验固化的误区；教育游学的最终目的不是传授已有的东西，而是要把人的创造力量诱导出来，将生命感、价值感唤醒。”[1]

游学课程包容无穷无尽的课程资源，为教师发挥想象力与设计力提供了宽广的舞台。游学课程可以充分发挥教师作为课程设计者、执行者的主体性，也能充分发挥学生参与课程建设和学习的主人翁精神与主动性。

传统教学模式下，“听讲—训练—考试”成为学生学习的主要手段，成为生活的主要内容，这实际上是成人世界强加给学生的任务，而强制是不会产生良好的教育效果的。游学课程以学生和教师精心选择的旅游景点为切入点，多维度发掘知识和情感教育资源，实现学科综合渗透，把学习的过程变成实践的过程。开发该课程为学生主动、深度参与课程，提高综合实践能力，转变学习方式，培养学生的持久学习力提供了平台；终极目标

[1] 严凯．教育游学：在经验与反思之间前行［J］．中国教育，2013（19）：36-39.

是深化学生的人文与自然素养，培养责任感，渗透道德和价值观教育，服务于全人教育。

传统课程和课堂教学评价侧重于以预设的教学目标是否有效达成为主要标准。而这个目标是基于教师的经验和理想，却不一定符合学生实际；是一刀切的统一要求，而不是鼓励个性发展的灵活目标；是可控制、可测量的数据标准，但缺少尊重人情和人性的情感因子。而游学课程把教学评价的主动权交给了学生，以游学感悟的抒发为主要形式和方式，是真情实感的表达，也是外在文化价值、文化经验内化的过程。教学评价不只是对上一个环节学习内容的考查，同时是在更高一级台阶上学习的继续。

教育是通过个人参与人类的社会意识而进行的。通过教育过程，不断发展个人的能力，熏陶意识，形成习惯，锻炼思想，并激发感情和情绪，最终使受教育者分享人类积累下来的智慧和道德财富，成为一个固有文化资本的继承者。游学课程非常符合进步主义教育观：以学生为中心，以生活为内容，以解决问题为方法，淡化权威意识，弱化外部纪律，强调合作精神。

教育是一种社会过程，而现在的学校严重脱离社会生活，沦为单纯传授知识的场所。游学可以大大弥补这一缺陷，可以让学生有机会接触社会的种种要素，通过参加公共活动获得知识与技能、情感与理想，从而起到教育的效果。游学课程不仅仅是提供不同于传统课程中学生大部分时间枯坐教室的活动自由，更大的价值在于激发理智自由，也就是依据自己的经验对有真正内在价值的事情能够做出观察和判断的自由。具备了理智自由，个人才能够真正地、不断地正常发展。

同时，游学团队就是一个具体而微缩的社会组织，在这里，学生可以获得传统学校里不能具备的集体生活经验，适当处理人与人之间的关系，是用学生之间、团队与社会之间的现实关系来使学生受到刺激和控制，而不是仅仅通过教师的刺激和控制。

3. 学校课程建设需要

在课程改革的洪流中，各地各校各显神通，争先创办特色学校，其中校本课程建设是一个重要层面。而游学课程立足于文化基础、文化传承，综合提升学生持久的学习力和审美能力与素养，在跨学科渗透过程中丰富学生的学科知识，提高学生的实践能力，促进学生的身心健康，从而成为学校办学理念的重要课程载体和实现途径。

游学课程因为其教学内容广泛、可选择性强、课程实施灵活、教育效果显著而备受瞩目。有的学校立足于所在地区独特丰富的地方文化资源，开设乡土游学课程；有的学校将游学定位为人文教育，从祖国文化遗产中选择代表性项目加以组合，开发几条核心人文教育游学课程；有的学校依托自身浓厚的理工基础或者“翱翔基地”，开设科技游学课程；有的学校放眼世界，积极进行海外游学。

因此可以说，课改催生了游学活动，而游学课程建设推动了课改的深入进行；学校为游学提供了必要的平台，而游学课程为学校实现教育目标开辟了新路。

4. 学生及其家庭需求

随着人们生活水平的提高，家庭旅游蔚然成风，但自发的旅游以休闲为主，成果有限。家庭、学生特别需要有专业组织、有明确目的、有科学指导，同时又能把“学”与“游”有机结合的、有助于个体成长的游学活动。

四、游学课程的特点

1. 学科渗透

学科渗透式教学，即将某个学科教育内容，特别是某种素质和能力渗透到各门学科之中，通过各门学科课程化整为零，多角度、多层面地实施教育。这种课程模式，能够打破学科壁垒，使学习者在各学科的学习中获得相应的知识、技能和情感；能够突破知识和能力的人为限制，取得整体大于部分之和的效果；能够实现知识点和能力要素在不同情境中的反复再现，避免单学科反复造成的倦怠感。学科渗透要从整体配合上下功夫，避免形式单一、内容单一；渗透中有三个要点，即自然贴切、计划明确、针对性强。

游学课程的自主性、灵活性以及风景名胜地区本身富含的多重文化信息为学科综合渗透提供了广阔的舞台。游学课程不仅要注意从教材知识到课外知识、从知识到运用等方面来实现学科内的综合，更要注意开发跨学科渗透资源。在游学课程的建设中，要多维度发掘教育资源，得对同一游历目的地从不同学科角度加以探究，让学生体验打破学科壁垒，无限制生发知识、能力和情感的圆融自由。

2. 综合实践

教育本身即是生活而生活不是僵死的书本知识和习题，生活是主体的实践过程。游学就是让学生走进不同的生活世界，在观察、体验、实践、探究、反思等学习活动中探寻课外知识，整合课本知识，丰富生活体验，拓展社会认知，积累生活经验。因此，游学课程特别强调课程主体的主动参与和深度参与，这不仅体现在课程的实施环节，也体现在课程规划和课程开发环节。

转变学习方式，通过不断转化、改造、创新个性化的经验，加以反思，走出经验固化的误区，是教育游学的生命力所在。

3. 人文教育

教育不仅是帮助学习者具备相关知识以应对现实社会的种种考验，更重要的是使其拥有追求真、善、美的人生目标，在这样的基础上，将来他们就会懂得如何走正确的路、做正确的事，如何面对生活中的危机并将之转成正面的机会，成为一个堂堂正正的人，愿意服务大众、贡献社会。

知识积累可以通过书本、网络完成，但意志品质、责任意识和人文情感只能在切身感受、实地体验、综合实践中获得。游学课程给学生提供了一个平常课堂不能提供的生活体验场景和过程，人文教育是游学课程的终极目标和最大收获。

五、游学课程的开发

1. 游学课程标准的制定

校本课程把课程开发权交给了教师，但这不意味着教师可以随心所欲地推进和实施校本课程。课程要达到预期目标，还是一定要有明确清晰的“框架”和“计划”，只是这个框架和计划是更贴近学校、教师和学生实际情况的，更便于教师推进实施的，更能满足学生成长所热切需要的；即要及时总结实践经验，认真学习教育教学理论，制定校本课程标准，作为引导下一步课程建设的航标和衡量课程建设成效的标尺。因为“校本课程标准是对校本课程开展过程与实施效果的基本规范和质量要求”❶。

游学课程标准的制定应该遵循以下原则。

第一，要与国家课程标准目标一致。三级课程管理体系下的每一级课程之间不是割裂无关的，而是互为补充的。其中，国家课程是核心和领导；地方和校本课程要服从服务于国家课程，要把国家课程标准的要求具体化、细致化、可操作化，更贴近学生的学习实际，更贴近教师的教育教学实际。游学课程目标的知识与能力、过程与方法、情感态度与价值观三个维度缺一不可，都要与国家课程相匹配。

第二，要灵活、精心确定游学课程内容。游学课程教学内容可选择性极强，这就提出如何精选游学目的地，精心设计游学教学内容，以期在较短时间的游学过程中实现最大的教育教学目标。游学课程体系既要与国家、地方课程相衔接，又要避免简单重复，要符合学生的学习和认知规律。游学教学内容要服务于学校游学课程特色定位要求，要富含文化价值，要适于跨学科发掘和合作，要能激发学生的兴趣，要顾及学生的消费能力，等等。总之，游学课程内容的选择应坚持代表性、典型性、综合性和时代性。

---

❶ 苏德林．高中校本课程标准和教学指导纲要的构建与实践研究［D］．大连：辽宁师范大学，2011.

第三，游学课程也要根据学生身心发展的特征划分学段。不能因为超出学生理解和接受水平而宝山空回，也不能因为价值发掘得不深、广而满足不了学生的求知欲望和德行提升要求；还要照顾孩子的体能条件，不能置孩子于险境，也不能太舒适优越而起不到锻炼身心的作用。

第四，要依据课程特色制定教学和评价建议。游学课程教学和评价的总原则是灵活和弹性的，是尊重学生自主选择的，是有益于学生知识积累、能力提升和情感升华的。

2. 游学课程内容的确定

游学校本课程实施渠道的灵活性、教育资源的丰富性决定了游学课程内容既要有明确、固定的核心内容，又允许课程实施者有相当的自主选择权利；课程内容既要保持一定的稳定性，又要根据不同届次老师和学生的实际能力和需求加以调整。因此，游学课程内容采取主题引领下自主决定探究内容的形式。

以笔者任教学校的游学课程内容为例，分为爱我家乡、行走中国两个模块。

图 1　考察学校附近的田义墓

“爱我家乡”模块主要是利用和开发社区教育资源，让学生了解家乡的历史、现状与风俗、文化；在自主探究中学习人文知识，在加深认识的基础上增强亲近和认同感。其分为三个探究主题：探寻历史文化、体验风俗民情、了解经济生活。

“行走中国”模块设置的探究主题有：饱览壮丽的山河、汲取博大的文化、追寻先贤的足迹、追赶现代化步伐；让学生亲临实感祖国的历史、地理、文化和经济，增强学生的民族文化认同感和自豪感。

符合上述主题、可以列入游学内容的景点无穷无尽，但受课程时间限制，也为了保证课程的相对稳定和不断成熟，我们只能忍痛割爱，精选游学内容。“爱我家乡”模块以学校所在地的石景山区为主，必要时涉及北京市其他区县的教育资源；“行走中国”模块的主要目的地是作为华夏文明主要源头的河南、山西，周秦汉唐文化和红色旅游的集中地陕西，儒家文化的圣地山东。当然，由于这些文化载体信息含量巨大，可以解读的层面众多，对于同一个目的地，每一次游学都可以开发出全新的教学内容。

3. 游学课程教材的编写

完善的课程应该有一套体现课程特色和价值的教材。游学课程教材不是为了提供一个知识体系，而是要充分体现教师对课程的理解和构想，对教学实施各环节都有具体的指导意义。

游学课程教材首先是引导学生“游”前探究学习的工具，可以称之为“学案”；还应是“游”中指导学生观察和思考的工具，可以称之为“教学手册”。

游学课程教材不应是教师课程开发权的表征，而应该是师生共同致力于课程开发的结晶。

游学课程教材不应是课程内容的固化，而应是随游学内容的变化而变化的动态过程，不同届次的师生、不同的游学路线都应该编制最适合自己的教材。

4. 游学课程的实施过程

根据学生文化和能力基础的不同需求，协调国家综合实践课程的相关要求，游学课程分不同学段进行。以北京市第九中学（以下简称九中）高中游学课程为例：高一学段以“爱我家乡”社区资源课程为主，既利用国家综合实践课程的课时，也在保证国家课程安排的前提下由学校适当安排时间，提供课时；高二第一学期储备和整理游学相关知识，高二暑假实地实施；然后进行游学资料的整理、游学活动的反思和总结、游学成果的展示等活动。因此可以说，游学是陪伴九中学生整个高中生活的一门课程，是促进学生全面发展和成长的重要途径和阶梯。

就单独一次游学教学活动的实施而言，一般经历以下步骤：

（1）确定游学课程开发小组，有组织地进行课程准备。主要活动内容和环节是：

①确定游学路线、活动名称、参加人员名单，制定游学安全预案；

②举行专题知识讲座，增加学生的知识储备，提升学生的游学兴趣；

③编写学案；

④对学生进行分组，完成相应学案的内容要求。

（2）经过理论和知识、技术的认真准备，实地实施游学课程。教师随时指点，根据变化的场景设置教学情境；学生全程参与，通过收集整理信息、实地调查研究、与人合作探究，全方面培养能力，并在耳濡目染中提升人文和道德素养，将游学校本课程推进到新的高度。

（3）游学归来，及时收缴学案，保留游学成果；动员师生撰写游学报告；整理游学成果，举办游学成果展览。

六、游学课程实践效果

1. 促进学生发展

1）游学课程提升了学生的综合实践能力

游学提高了学生的信息收集和加工能力，提高了学生与人交往合作的能力，提高了学生的表达能力，提高了学生自主学习、持久学习的能力。下面以我校 2015 年度山西—河南游学学生收获为例。

董玟月同学说：“我收集的是乔家大院的资料，从最初的准备工作到实际游览乔家大院，再到最后的温习讲解，我从来没有像这样认真地查询、学习（过）一个地方的文化。通过认真的准备和游览，我发现对这一地方的了解多了，也便（对它）更加感兴趣了。我想，学习也是如此，只有深刻理解每一个知识，产生浓厚的兴趣，才能达到融会贯通的效果。老师常说，要学出一种感觉来。我想，这就是开始。”

2）游学使学生体悟到了现实生活，增强了责任意识

看到城市建设中的盲目与楼市的虚假繁荣，聂文同学着手探讨中国“鬼城”出现的根源；通过实地测量，同学认识到黄河水“一碗水半碗沙”的真实，认识到水土保持的必要性；看到有人为几岁的孩子过生日而大摆筵席；看到有年轻人公然在广场宣传传销。现实不总是美好的，国民素质的提高、国家建设的发展还任重而道远，看在眼里，思在心头，孩子们凝重的目光中透漏着责任意识的萌发。

3）游学提升了学生的人文素养

游学能够使学生亲近传统文化。游学行程中，既有佛教窟寺，也有儒学大师、文学大家的墓园，还有古圣先贤、民族英雄的祠庙。品鉴精美的雕塑、壁画，凭吊先贤伟业，传统文化不再是枯燥的词句和抽象的符号，而是活生生的现实，是触摸闻见的物象，是与自己心灵互动的存在。游学使学生走进历史，走进传统，走进文化。正如姜帆同学所说：“我们的跋山涉水、苦苦追寻在于身临其境地去碰触那千百年沉淀的一个民族活的灵魂，而不是为了缅怀一段早已断代的历史。这，就是我经历游学历程后最深切的体会。”

游学收获了友谊。参加山西—河南游学的王芮同学高二下学期从 13 班转到 11 班，曾经有过人际交往的迷茫，经过游学期间与同学的亲密接触，她感悟说：“我曾经的班级——13 班的同学们对我的接纳和包容让我仍有归宿的感觉。11 班——我现在的班级，这里的同学对我的友好和信任，也让我终于有融入的感觉。同时被这么多的人喜欢着，我想我可能是所有人里最幸福的吧。我没有关于轰轰烈烈的友情，也没有关于朋友的传奇经历。我有的只是渺小的我获得巨大的友谊时深深的感动。8 日，8 昼 7 夜，我收获的是成绩与分数无法比拟的友谊，是他人所不能体会的真情，是今后回想仍会铭记的灿烂人生。”

游学唤醒了人生。张星杰同学说：“除了获得知识之外，（游学）这 8 天也是我上高中以来最兴奋的 8 天，好像回到了那会因为过年而兴奋一整晚的

童年。长大了，能让我们兴奋的东西很少了。我们失去了儿时善于发现美的眼睛，对很多事物都见怪不怪了，是麻木了，也是我们改变了。这久违的兴奋让我幸福了许多，在这8天让我感觉到了更多。”在壶口瀑布，刘彤彤感悟到：“一滴水，一股流，经历了无数的坎坷，只为这华丽的一次流泻。这不正如我们的人生，经历了种种困难，最后骄傲地绽放，短暂却值得。人这一生，努力过，追寻过，成功过，平淡过，就足够了。”在云冈，凝视着永恒的佛像，王智慧同学“仿佛收获了一颗平常之心”。

可以说，游学综合实践课程是最贴近“全人教育”目标的教育形式和途径。

2. 促进教师成长

游学综合实践课程能够促进教师教育理念的真正更新，促进教师专业素养的提升。游学课程也能够促进教师情感、意志与人文素养的提升。游学综合实践课程对教师和学生都是全新的体验，全新课程开发的动力，新鲜教学方式和内容的刺激，极大地激活了教师职业的生命，使他们以极大的热情投入课程建设，投入课程实施，克服困难，不畏艰险，与同事同呼吸，与学生共苦乐，意志与情感都得到提升。要让游学感动学生，首先要使自己被感动，上下五千年，纵横八万里，游目骋怀，指点江山，为祖国壮丽景色感动，为祖国悠久文明感动，为文物的沧桑感动，为老乡的淳朴感动，为孩子们的求知欲感动，为孩子们的合作心感动，游学让教师的人文素养得到一次升华。

最后，游学课程能够推进校本课程体系建设。其主要表现在有助于全面而集中地落实“全人教育”理念。校本课程师资的培养和锻炼是游学课程对学校校本课程体系建设做出的又一个重要贡献。

七、游学校本课程的相关思考

1. 实践中暴露的问题

第一，在课程先期准备和后期处理过程中协调与其他课业负担的关系问题。从先期确定目标、知识储备、行程准备，到后期总结反思、形成成果，游学课程基本是学年课程。在目前学生课业负担还比较重的情况下，如何处理游学与其他课时、课业的关系就成了重要问题。然而如今高考的改革趋势对今后的游学课程是一个很好的促进。

第二，作为游学综合实践课程主体内容的学科渗透还需要完善。已经实施的游学主要是在历史、地理、政治、语文学科之间发掘学科渗透点，并取得了显著成效，但囿于文科范围内。如果能更充分地备课，设计几个文理渗透的知识点，效果应该更好，因为科学素养也是“全人教育”的重要目标。事实上，只要动员更多理科教师参加课程开发，给予学生必要的引导，还是能在行程中找到渗透理科思维和理科知识的目标的。比如，在2015年山西—河南游学途中，经过中条山区风力发电站的时候，老师本来是提醒学生思考在山西这样的煤炭大省为什么还要发展风力发电的问题，但忽然发现一个常识问题：按常规思路，风力发电扇叶应该做得更宽一些、迎风面更大一些才能转动更快，发电更多，但为什么扇叶都是又长又细呢？文科同学对此一筹莫展，但随行的理科同学给出了合理的解答。

游学课程的开发也暴露出了一线教师知识和理论素养不足的缺点，应该给予专业的指导和培训。课程开发者要具有课程问题意识，要对课程开发、实施中的实际矛盾和理论疑难有清醒敏感的认识。

“课程实施是执行一项或多项课程变革计划的过程，涉及教育行政管理体制的变化、课程知识的更新、教学过程的改变、校长和教师角色的更新、学生角色的变化、社区文化环境的相应改变等。”[1] 游学课程的特点决定了其在

---

[1] 钟启泉．课程论［M］．北京：教育科学出版社，2007：202.

实施过程中牵涉的相关因素更加复杂，涉入也更深刻，这绝非少数一线教师所能驾驭应对的问题，需要学校、教育行政机构和社会相关力量通盘合作，协力进行，尤其需要顶层设计和指导。

2. 未来发展展望

无论何种层级的课程，最终都要通过教师的理解、设计、阐释、实施来完成使命。教师是课程和教材功能得以落实的关键因素，因此应该赋予教师更多、更大的课程开发权利。

游学应该进一步加大深度。游学的精髓是体验和实践，体验和实践不应该是浮光掠影，而应该尽可能地深入生活。游学要兼顾多走多看和立足一处深度体验。游学的目的地既可以是旅游景点，也可以是真实的生活情境。游学将来可以与职业体验、生涯规划相结合。

第二篇
弦歌不辍：山西、河南游学纪实

以河南为中心，辐射到山西、山东、河北等地的中原地区是中华文明的重要源头之一，是中国历史绵延5000年的中心大舞台。这里曾经上演的历史悲喜剧仍活在中国人的记忆中，这里众多的历史人文景观承载着中华文明厚重的文化底蕴。山西、河南游学就是追寻中华文明的足迹，就是把握中华文化的脉搏。

游学课程也要尊重教学基本原则和规律。在这一点上，游学或许更能体现素质教育的要求，那就是教学要以教师为主导，以学生为主体。为此，游学校本课程小组的老师们编制了游学教学手册，或者说学案，用以明确每一处景点游学的基本目标，提供必要的基本知识介绍和相关知识的链接，设置探究问题；行前学生人手一册，按学习小组分头研读，自主解答；在游览现场有针对性地观察、思考，用实践得来的知识修正从网络、书本上得来的知识。在这个过程中，学生学习的自主性和积极性被极大地激发了出来，表现出了空前的探究热情。这是在传统课堂教学中很难出现的现象。

游学既对教师提出重大考验，也给老师提供了展示平台。令人目不暇接的教学资源需要教师随方演化，仅靠行前突击备课远远不够，而需要平素教学之余广涉博览，勤学善思。能否在某一处景点让学生有一得之见，能否对学生偶有点化，都是对教师功力的考验，更有利于教师专业水平的提升。

第一部分
追寻文明——历史、地理游学纪实

文物是物化的历史，古迹是历史的延续；走进古迹，走近文物，就是到历史现场去触摸、亲历。文物是古代文化的载体，古迹是传统文化的凝结；鉴赏文物，品味古迹，就是亲近、涵濡传统文化。到名胜古迹游学，首先是对历史、对传统的感性认识，是知识的拓展和积累，但更要引发思考，获得理性认识。前一任务，通过阅读书刊、网络搜索、导游讲述就可实现，不待本书赘言；后一任务，可能需要老师的引导，需要师生的辩难讨论。我们在游学过程中尽量设计、解答一些需要思考力度的问题。这些问题可能庞大，远非我们的学力可以解决，但身处“文化现场”，若不做哪怕最肤浅的探察和介绍，就好像宝山空回。

地理学是一门研究地理环境与人类活动的学科，课上所讲的许多知识都真切地存在于大自然和人类社会与经济生活中。因此，地理是集科学理性和人文情怀于一体的学科。游学就是走进地理学实验室观察、思考、实验的过程，既是把自然地理与人文地理有机融合的教学过程，也是学以致用的过程。抽象的地理概念在游学中得到了实物验证，普遍的、枯燥的原理得到了具体的、鲜活的实证。人文地理旅游部分主要讲如何欣赏旅游景观，要求学生们掌握景观的特色，最佳状态是能让学生们以情观景，情景交融。

游学还应该激发哲学思考，触动文学情怀，这在我们的“游学手册”中都有涉及与相关设计。但可惜由于种种原因，此次游学政治、语文学科老师没能成行，所以只有历史、地理两科老师在游学过程中囿于学科门户的讲解。

一、云冈石窟

1. 游学手册

1）学习目标

知识与能力：了解云冈石窟的相关历史背景、佛教及佛教造像发展的简单知识；通过了解佛教中国化的过程，体会中华文化的特点和具体内涵，并能阐述文化交流的意义；通过对历史、地理的深入解读，尝试用历史唯物主义的观点看待宗教的产生及宗教情怀；通过人文景观与自然风光的对比，提高比较分析能力；培养学生理论联系实际的能力。

图 1　云冈 20 号石窟大佛前合影

过程与方法：通过搜索相关知识，培养学生获取、归纳信息的能力；通过寻找相关塑像、雕刻来论证某些历史结论，培养学生史论结合、论从史出的分析能力；通过实地测量，让学生感受云冈石窟的环境容量大小；通过观察，让学生总结出文物被破坏的原因；通过访问调查，让学生总结出云冈石窟的客源市场情况、旅游景区规划的原则和方法，让学生深刻感受保护石窟的必要性和紧迫性。通过游览石窟并与自然风光进行对比，让学生概括出文化的特点；通过观看石窟雕像并搜集古代服饰资料，深入论述文化如何影响人的交往方式、交往行为、思维特点及认识方式。

情感态度与价值观：欣赏古代劳动人民的艺术创造，领略祖国辉煌灿烂的古代文化。通过对云冈石窟的游览学习让学生感受中华文化的博大精深、源远流长，增强学生对民族文化的认同感；通过让学生写下参观云冈石窟的所见所感，培养学生认真观察、注重体悟、及时表达的游学习惯与品质。

2）基础知识

云冈石窟位于中国北部山西省大同市市区以西 16 公里处的武州山南麓，与敦煌莫高窟、洛阳龙门石窟并称为中国三大石窟。其原称石窟寺、北台石窟寺、恒安石窟，因明代在石窟旁设云冈堡，故近人调查时称为云冈石窟。其始建于北魏文成帝和平初年，延续至孝明帝正光末年，前后一共用了 64 年。其最早只有昙曜开凿的 5 个窟，后来逐步开凿了 200 多个窟，包括官方和民间的；现存主要洞窟 53 个，小龛 1100 多个，造像 5.1 万余躯；按自然山势分为东、中、西三区。1961 年，国务院公布云冈石窟为全国重点文物保护单位；2001 年，其作为文化遗产被列入《世界遗产名录》。

云冈石窟是我国古代雕刻艺术的瑰宝，也是世界著名的大型石窟群之一。艺术家们把它比喻成“东方的罗马石雕”。这些石雕因为融合了中西的艺术，因而具有特殊的魅力。其中，昙曜五窟即现在的第 16 窟至第 20 窟。各个洞窟的主尊分别为：第 16 窟施无畏印的佛立像，第 17 窟的交脚菩萨像，第 18 窟的佛立像，第 19 窟施无畏印的佛坐像，第 20 窟施禅定印的佛坐像。昙曜五窟是云岗开凿最早、气魄最宏大的窟群。第 5 窟与第 6 窟毗连成一组双窟，规模宏伟，雕饰瑰丽，技法熟练，为云冈艺术之精华。洞窟呈椭圆形平面设计，窟内宽敞，主要造像占去了大部分面积。其中，第 16 窟是一个以伎乐驰名的洞窟，中间巨佛立于莲座上，昂首挺胸，气概非凡；周壁有千佛、佛龛；这些造像，神情生动，姿态美妙，或吹笛，或弹琵琶，令人叹为观止。而结跏趺坐的第 20 窟露天大佛则被称为云冈石刻的象征，其佛像为释迦牟尼坐像，高 13.7 米，胸以上因石质坚硬保存完好；造型古朴硕大，两肩宽厚，袈裟右袒，面形丰圆，薄唇高鼻，神情肃穆；背光的火焰纹和坐佛、飞天等浮雕十分华美，把主佛衬托得更加刚健雄浑，为云冈石窟中的代表作品。正对山门的第 6 窟前有清朝顺治八年所建的五间四层木构楼阁，琉璃瓦顶，颇为壮观，成了云冈石窟群的中心。

3）历史知识链接

从北魏道武帝天兴元年（398 年）至孝文帝太和十八年（494 年），云冈石窟所在地平城（今大同市）作为北魏都城近百年。太延五年（439 年），北魏灭北凉，迁徙凉州吏民和僧徒于平城，平城佛教得以迅速发展，同时继续了凉州开窟造像的传统。道武帝时，沙门统法果带头礼拜皇帝，称皇帝为当今如来，获得皇室支持，兴盛一时。北魏太武帝信道废佛，太平真君七年（446 年）下令废佛。一时之间，举国上下，风声鹤唳。

当时太子拓跋晃监国秉政，一向笃信佛法，再三上表，向太武帝劝阻，虽然都未被采纳，但废佛的诏书因此得以缓宣，而使远近的沙门闻讯逃匿获免，佛像、经论亦多得密藏；然而魏国境内的寺院塔庙却无一幸免于难，史称太武法难。废佛后第六年，太武帝驾崩，文成帝即位（452 年），下诏复兴佛教，佛教才又逐渐恢复发展。经凉州禅僧昙曜倡议，在武州塞开窟 5 所，从而开创了中原地区开凿石窟的先例。

云冈石窟的开凿分为三个阶段。第一阶段的开凿即昙曜五窟。传说，其主像分别象征从道武帝至文成帝 5 位皇帝。从造像服饰看，有衣纹厚重凸起、线条简洁的样式，也有衣纹单薄贴身的样式，表明同时受到犍陀罗造像和秣菟罗艺术的影响。造像以外来佛像服饰的外观模拟本土帝王的容颜风貌，是一种新型的佛教造像。

第二阶段的开凿主要集中在中部（第 5~13 窟）和东部（第 1~3 窟）。开凿于孝文帝迁都洛阳之前，数量剧增，除皇室外，官吏、僧尼也参与了开凿。洞窟形式多样化，成组的双窟和模拟汉式传统建筑的样式是这一阶段洞窟最显著的特点。窟内雕刻日趋富丽，手法精湛。壁面流行分层、分段附榜题的汉式做法。这一阶段后期，出现褒衣博带式袈裟，模仿汉族士大夫的常服，体现了孝文帝改革服制变化的历史。

第三阶段的开凿主要集中在西部，多为中小窟。开凿时间为迁都洛阳至正光末年。窟主多为无官职的信徒，表明崇佛风气在平城中下层民众中蔓延。

云冈石窟开创了中原地区开凿石窟造像的先例，在中国石窟雕塑艺术史上占有无可替代的地位。它明显受到了中亚、南亚、波斯和希腊艺术的影响，是古代中外文化交流的见证。

4）地理知识链接

（1）旅游景区规划原则：突出景观特色；追求自然美与人工美的结合；完善生态系统；注重最佳综合效益。

（2）旅游景区的功能分区：核心保护区、游憩缓冲区、密集游憩区。

基础设施的规划要方便游客，接近旅游线路和旅游景点处；交通线路的规划要方便游客参观旅游景点。

（3）地质小常识。砂岩是源区岩石经风化、剥蚀、搬运而在盆地中堆积形成的。岩石由碎屑和填隙物两部分构成。碎屑的常见矿物有石英、长石、白云母、方解石、黏土矿物、白云石、鲕绿泥石、绿泥石等。填隙物包括胶结物和碎屑杂基两种组分。常见胶结物有硅质和碳酸盐质胶结；杂基成分主要指与碎屑同时沉积的颗粒更细的黏土或粉砂质物。填隙物的成分和结构反映了砂岩形成的地质构造环境和物理化学条件。砂岩按其沉积环境可划分为石英砂岩、长石砂岩和岩屑砂岩三大类。砂层和砂岩构成石油、天然气和地下水的主要储集层。砂和砂岩可用作磨料、玻璃原料和建筑材料。一定产状的砂层和砂岩中富含沙金、锆石、金刚石、钛铁矿、金红石等砂矿。

石灰岩主要是在浅海的环境下形成的。石灰岩按成因可划分为粒屑石灰岩（流水搬运、沉积形成）、生物骨架石灰岩、化学和生物化学石灰岩；按结构构造可细分为竹叶状灰岩、鲕粒状灰岩、豹皮灰岩、团块状灰岩等。石灰岩的主要化学成分是碳酸钙，易溶蚀，故在石灰岩地区多形成石林和溶洞，被称作喀斯特地形。

5）探究学习

（1）地理。

①数出云冈石窟景区一个小时的游览行程中有（　　　　）个垃圾桶，（　　　　）处厕所，厕所等候处有（　　　　）人，（　　　　）处商品服务部，（　　　　）处急救设备。评价一下该处旅游资源的基础服务设施的优缺点。

②任选一个石窟，目测其长、宽、高大约分别为（　　　　）米，估算一个洞窟大约可容纳（　　　　）人。评价一下云冈石窟的环境容量。

③ 观察石窟岩石的类型为（　　　　），植被类型为（　　　　）。

④观察佛像上是否有煤灰的黑色？自然界和人为原因对石窟的破坏具体有哪些？你认为保护云冈石窟有哪些切实可行的措施？

⑤旅游小调查：请大家利用休息的半个小时做一个“旅游客源市场”的

小调查。请大家提前设计好调查问卷。调查后，我们在车上汇总调查问卷的结果。（自制调查问卷，每人随机找 10 人进行问询。具体的内容包括游客的来源地、文化程度、年收入、工作行业、业余爱好，统计出石窟客源市场的特点。）

⑥回归课本：评价云冈石窟旅游资源开发的条件。

（2）政治。

①云冈石窟第 16～20 窟是云冈早期的石窟造像，即“昙曜五窟”，概括一下五窟主尊佛像的特点分别是什么？反映了北魏早期什么样的社会风貌及鲜卑民族什么样的民俗风情？请用历史唯物主义的基本原理谈谈自己的认识。

②受游牧文化和地理环境因素的影响，鲜卑族的衣帽服饰呈现什么特点？体现了中华文化与少数民族文化的什么关系？并由此判断中华文化具有什么特点？

③服饰作为石窟艺术重要的表现内容之一，表现了粗犷豪放的民族气概、强烈的异域风格与雄伟的皇家气度，最高主题是“人佛合一”。请用“文化生活”的相关知识分析这一观点的重要意义。

④文化遗产与自然风光有什么差异？文化有什么特点？云冈石窟哪一年被列入《世界遗产名录》？请阐述保护文化遗产的重要意义。

（3）历史。

①云冈石窟是在什么背景下开始修凿的？昙曜五窟是哪五个？分别对应哪几位帝王？反映了宗教与政治之间的什么关系？

②云冈石窟塑像形象与西域佛教形象有何异同？请拍照时注意下列细节：云冈石窟佛像面庞、服饰、飞天形象。

③佛教为何能立足中原？

④如何看待宗教与政治的关系？

⑤为什么有人说“中国由此迈向大唐”？

（4）语文。

关于云冈石窟，冰心曾写过这样一段游后感：“万亿化身，罗刻满山，鬼斧神工，骇人心目。一如来，一世界，一翼，一花，一叶，各具精严，写不胜写，画不胜画。后顾方作无限之留恋，前瞻又引起无量之企求。目不能注，足不能停，如偷儿骤入宝库，神魂丧失，莫知所携，事后追忆，亦如梦入天宫，醒后心自知而口不能道，此时方知文字之无用了！”

请写下你参观云冈石窟的所见所感，字数不少于 100 字。

2. 地理游学纪实

7月13日早7：30，我们从北京出发，中午到达大同。在大同市郊，我们看到到处都是高高的塔吊和崭新的楼房，马路上尘土飞扬，楼房里几乎没有人入住，周边的基础设施非常差。这让我想起我国房地产业在发展过程中暴露出的一些问题，依据课本所学的城市化相关知识，结合自己平时关注的房地产问题而积累的一点想法，我就在车上以大同楼房为例讲了讲中国的房地产与城市化的问题。

最近，我们在新闻上经常听到我国有些城市出现了“鬼城”，什么是鬼城？

眼前这些林立的楼房就是实例：几乎没有人入住，基础设施落后、完全不配套。同学们有没有想过，既然没有人住，人们为什么要建这些房子？这些房子将由什么人来住？

首先，我们来分析为什么修建了这么多目前没人住的房子。

图2　大同市区的空置房

我国在20世纪90年代末朱镕基总理时期，实行分税改革，地方政府拿到的税收减少，但是地方政府的事权没有减少：教育、养老、基础设施建设等都需要钱，但是中央政府给的资金不够用。怎么办？1998年后，我国住房体制改革，开放个人买卖住房，老百姓可以买房子了。而我国的土地是国有或者集体所有，国家规定，开发商的土地只能从政府手中买到。而房地产能带动70多个产业的发展，于是，地方政府为了获得更多资金发展地方经济，同时也为了改善人们的生活水平，更为了促进城市化发展，就大力推行卖地发展房地产。

大家觉得国家政策有问题吗？国家的政策是好的，只是在这10多年的发展过程中出现了问题。国家为了促进房地产业的发展，出台了很多政策，比如，我们只需要20%的首付，其他款项向银行贷款，这本来是方便群众买房的措施，但大量投机者浑水摸鱼，他们利用手里较少的资金，钻房贷政策的空子，撬动银行巨大的资金来炒房。又由于监管政策不健全，这些有钱的人得以买许多套房子，致使社会上出现了“房姐”“房叔”。

此外，2008年金融危机之下，国家为了刺激经济发展出台了4万亿经济刺激方案，这些钱有很大一部分流入了房地产。房地产开发10多年来，房价一直上涨，炒房人都赚得盆满钵满，这种暴富效应带动更多的人加入到炒房队伍中来，房子在这10多年中不仅仅是一个住宅，更成了一个很赚钱的投资品。所以，房地产业聚集了大量的社会财富，造就了这一栋栋高楼大厦。这些房子都有主人，只是他们买房子并不是为了居住，而是投资。

这些房子会长期空置而荒废掉吗？

大家可以调动我们课上所学的我国城市化水平的知识来理解。我国的城市化水平只有50%，这个统计是把农民工算在城市人口里面的数据。我国有2亿农民工，还有那么多农民生活在农村，要想提高我国的城市化水平，就必须把这些农民转变成城市居民。目前农民进城缺少启动资金安家落户，没有制度或者社会保障，他们没有钱买属于自己的房子。随着我国工业化与城市化的发展，最终会有70%的人生活在城市，这些房子就是他们未来的家园。我国房地产业发展的10年中，其发展速度远远大于居民城市化的速度，导致房子——这个社会重要的财富集体分配出现了严重不公平，也导致了一定的社会贫富分化。所以，新一届政府意识到这个问题，一方面提出以“城市化”作为未来经济发展的动力，另一方面通过限购、贷款调控、提高人们收入水平等政策平衡房地产业的发展与城市化之间的矛盾，纠正房地产业不合理的发展问题，让那些进城的农民买得起房子。

我国房地产业确实存在泡沫，大家可以充分挥发自己的聪明才智，替政府出谋划策，想一想让我国房地产业健康发展的策略。

看着同学们听得津津有味，我深深地感慨，平时一定要多看新闻，多关心国家大事，把课上知识和生活知识结合起来分析、讲解，这样才能活学活用，才能激发学生的学习兴趣。

※　　　　※　　　　※

中午，到达云冈石窟。

2008年以前，云冈石窟山门外，出售纪念品的商贩不时地围堵着游客，软磨硬缠地做生意。包括周边的小饭店、学校、高高的信号塔及竖立的烟囱，都与石窟世界文化遗产的称号格格不入。周边云冈村杂乱的环境将石窟包围，从石窟前穿过的109国道每天车流汹涌，荡起的烟尘使大佛蒙上了“黑纱”。

2008年春天，大同市市委、市政府下决心进行石窟周边环境的治理和云冈大景区的建设工程。

云冈石窟治理工程总体范围为224万平方米，总投资约17亿元，到2010年9月完工。经过治理，云冈石窟景区不仅在规模上突出了皇家园林和佛教圣地的恢宏气势，规划布局也有了全面的改进。

经过大规模扩建，云冈在旅游景区整个规划设计中完全体现了我们旅游规划的那部分内容。下面就让我们跟随老师的步伐，感受其中的奥秘吧。

走进云冈石窟的大门，我请大家注意所经过地区的建筑都是新盖的建筑还是历史悠久的，这些建筑主要是做什么用的，建筑的风格是什么，这个地区应该属于旅游景区规划的哪一个功能区，找出具体的实例说明其体现了旅游景观规划的哪些原则。

在我的引导下，学生们能够回忆起课本上关于景区规划的内容之一——景区功能分区。我们吃饭的地方为密集游憩区，这里聚集了各种服务设施，如商品部、餐饮等。我让学生们留意观察、感受密集游憩区的特点。

吃过午餐，我们直奔云冈石窟的核心景区。在景区行走的半个小时里，我们穿过旅游功能分区的缓冲区时，我让学生根据学案的内容分组完成对基础设施的评价，判断进入云冈石窟核心景区的那段路程应该属于旅游景区的哪一个功能区。请同学们数一下这一区域的垃圾桶及商品服务部的数量，评价一下旅游线路和旅游基础设施的设置是否合理。

看着他们高高兴兴地边走边说笑，边观察边计数，其乐融融的情境，我不禁思考：教育的本质是什么？是让孩子健康、快乐地成长，是掌握未来在社会上生存的知识、技能，不是为了选拔而埋头做练习。违背孩子的天性、成长规律及学习规律的教育是摧残人性。我们的教育方式和选拔方式亟待改革。

终于，当眼前的建筑越发古朴，越来越精美时，我意识到我们到了旅游核心保护区——云冈石窟。观赏云冈石窟的洞窟时，我请同学们注意石窟文物被破坏的程度并思考破坏的原因，判断石窟所在岩石的种类。

参观石窟大约 2 个小时。去参观之前，我要求学生们把学案上的问题看一遍，带着问题参观效果会比较好。我们先跟着导游和付老师游览，两位边走边讲，学生们认真欣赏，若有所思，还不时冒出问题。多么美好的场景啊！

云冈石窟的地理学案里有一个关于云冈石窟客源市场的调查问卷。

云冈景区客源市场调查问卷

您从哪个省来?	山西	河南	陕西	河北	内蒙古	北京	其他
您的文化程度是?	专科	本科	研究生	博士	其他		
您的月收入是?	1500~3000	3000~4500	4500~6000	6000~7500	7500~10000	10000 以上	
您的职业是?	军人	工人	农民	公务员	其他		
您的业余爱好是?	运动	绘画	唱歌	其他			

调查问卷部分的负责人是张星杰，她让感兴趣的同学一起参与调查，最后由她做总结发言。同学们马上在第 20 窟前，就地找一些游客展开问卷调查。为了得到游客的配合，有的同学提前准备了校服，大热天的为了调查问卷穿上了校服。学生的行动让我很感动，意识到：让学生们做他们感兴趣的事，他们一定会发挥主观能动性，不用老师逼迫和督促。大多数的游客都很配合，有些游客还非常热情地和学生交流；但是也有游客一点儿也不配合，让有的同学就吃了闭门羹。鲁澎同学专门找外国人调查。大家在一起，胆小

的同学克服了自卑，勇敢地迈出了第一步。在将来的社会生活中，我们经常要和陌生人打交道，要学会如何让自己在这一过程中表现得得体大方，侃侃而谈，不被漠视，最重要的就是能克服自己的心理障碍，勇敢地迈出第一步，主动上前和陌生人搭讪。这需要勇气，更需要锻炼与沟通的技巧。

图 3　在云冈景区做调查问卷

我们的问卷里有年收入等隐私问题。有学生回来告诉我，他们一般先不问这样的问题，看对方的反应，态度热情的就会问这个问题，冷淡的就不问了，所以，有的调查结果项目是不全的。听到他们的解释，我心里无比安慰，调查结果固然重要，但学生们从调查的过程中学会为人处世的方法和技巧，对他们今后的生活会更有用，这正是学校教育所缺失的。

在这里，我有一个遗憾：在我们调查问卷结束后还有半个小时时间，许多同学无事可做，就聚在一起聊天、玩游戏，我也加入了他们的行列没有再去参观其他的地方而付老师带着一些学生去了不远处的云冈石窟博物馆。回来的路上，付老师说博物馆的文物虽然没有什么珍贵之处，但是博物馆的设计让他感到非常震撼。他这个去过那么多博物馆的人能做出这样的评价，看来其真的很不一般。我在心里暗下决心，要利用一切时间，绝不放过任何一个可以学习的地方。我也把这样的想法告诉了学生，希望学生们能珍惜一切可能的学习机会。

云冈石窟景区修建得非常整洁，规划合理、大气，服务设施干净，古香古色。根据导游的介绍，这一切都得益于2008年后大同新一届市委、市政府的大力度拆迁、统一合理规划，同时对大同市的一番重新打造。听着导游不断地讲解原大同市市长耿彦波的事迹，感受着到处是新楼、高塔吊的大同，感觉有点个人崇拜，虽然他的成绩确实很大。

在回宾馆的车上，由张星杰、王智慧、马冉同学给大家讲解学案上的问题，学生讲完一题后，老师马上补充，所有的学生趁热打铁，把知识点学习了一遍。我觉得这样的学习方式就是“读万卷书，行万里路”，正符合理论联系实际的要求。

3. 历史游学纪实

在云冈，我们重点探讨了两个问题：宗教与皇权的关系及为什么说“大唐从这里走出”。而佛教的中国化进程问题，在参观完龙门石窟，有了更多对比资料后再谈。

这里讨论一下关于宗教与皇权的关系问题。

通过历史学习，我们知道，在欧洲的中世纪，基督教会拥有至高的权力，不仅在精神上控制全体人民，而且占有广大的地产，据说占欧洲耕地的1/3，还对信徒征收什一税，有强大的经济实力，在此基础上具备了凌驾世俗政权之上的政治力量，甚至为国王加冕。这在中国是不可能出现的现象。中国历史上也有过宗教繁荣、宗教势力强大的时期，比如魏晋南北朝时期。那时，外来的佛教初步实现了中国化，在政治黑暗、社会动荡、战争频仍、人口流亡及个体对自己的生命都没有把握的年代，佛教凭着虚幻的未来世界说教，给苦难和迷茫中的人们带来一丝慰藉而盛极一时，南朝四百八十寺，北朝造像无量尊。眼前的云冈石窟就是其中的代表。然而了解了云冈石窟开凿的前因后果后，你会发现，佛教的繁荣有信仰的基础，但根本上还是依托皇权的。

在昙曜开始开凿石窟之前，佛教就依托北魏皇权努力拓展势力，道武帝和明元帝时期的僧人法果甚至曾经提出“皇帝即当今如来”的说法，大肆吹捧皇权，妄图得到庇佑。然而后来还是发生了太武帝灭佛的事件。太武帝灭佛与其说是因为发现僧寺私藏甲杖而怀疑其谋反，不如说是受崇信道教的崔浩怂恿，是佛与道争宠的悲剧产物。太武帝之后，昙曜得到文成帝的支持，重新复兴佛教，为了表示对皇帝的忠心，也为了防止佛教再一次因为皇权变脸而遭受灭顶之灾，昙曜把北魏几代统治者的形象与佛的形象合一，把宣扬佛教法力和皇帝的德政结合起来，开凿了所谓的“昙曜五窟”。在这里，佛教已经沦为匍匐在皇权脚下的奴婢，成为皇权神圣的吹鼓手，已经失去了自己的独立性。

为什么教权在中国敌不过皇权？简单来说，是因为中国君主专制传统悠久、强大，一切力量都要靠服务皇权而存在，一切有可能威胁皇权的势力都会被扼杀在摇篮里，一切都要纳入效忠皇权的轨道上来。

但仔细推究，似乎还有可以讨论的地方。教权在中国之所以不敌皇权，应该还与宗教的信仰基础、群众基础有莫大的关系。中国人自古形成了一种敬祖畏天但更重人事的心理。敬祖为了收宗，团结有血缘关系的力量；畏天其实在相当程度上只是对自然规律的敬畏和尊重，“天”与“上帝”基本上没有发展成为单一的人格神；上帝执行他的意志时也是要参考人间的心理诉求的，即所谓“天听自我民听，天视自我民视”，以及“敬鬼神而远之”。人间的理性思维一直占据重要地位，所谓“子不语怪力乱神”“未能事人，焉能事鬼?”“未知生焉知死”。知识精英的这种思维既植根于千百年来形成的民族心理基础，反过来又作用于民族信仰观念，形成了大众实用主义的信仰，所谓“临时抱佛脚”，表现在宗教信仰中就是宽容，不管是何方神圣，来者不拒；这导致信仰驳杂、不坚定、不专一，杀身成仁者众，舍命殉教者鲜。缺少强大、坚定的群众信仰的支撑，宗教在与皇权斗争的时候自然就没有底气，最终也和众多的信徒一样受制于强大的皇权。

希望通过讲解教权与皇权的一个例子，能让学生们对教材上所说的中国古代政治“以皇权为中心”的结论有一个感性的认识。

※　　　　※　　　　※

余秋雨先生说“中国由此迈向大唐”。而大同辟居塞外，今天市区人口也不过200万，何以得此殊荣？我们不会用余先生诗情浪漫的语言描述，就板起脸来上课吧。结合我们所学的北魏孝文帝改革相关史实，可归纳为以下几个方面的理由。

图 4　“中国由此迈向大唐”碑

第一，魏晋南北朝时期，造成国家分裂、社会动荡的原因很复杂，但一个基本的原因是士族门阀政治。凭借血缘特权把持中央到地方各级政权的一流门阀士族日趋腐朽，不仅垄断政权，而且掌握着巨大的社会财富，过着骄奢淫逸的生活，在文化上也逐渐丧失了传承和创造的欲望与能力，成为社会进步的最大阻碍。但因为历史惯性，中原庶族地主力量不够强大，往往依附、效法士族，难以撼动士族的统治地位。而汉（曹）魏以来出现的民族融合趋势，在北魏政府的政策特别是魏孝文帝改革中学习汉族文化、实行均田制度等措施的推动下更加猛烈地越发不可挡，大批鲜卑、匈奴、羯、氐、羌等民族群众进入中原农耕区，接受华夏生产和生活方式的影响，逐步被汉化。这在壮大汉族力量的同时，也带来了新鲜、刚劲、朝气蓬勃的文化，奠定了隋唐开放、大气的文化基础。

第二，民族融合的直接成果之一是为隋唐盛世的到来培养了一个军功精英集团。隋唐两代的帝王不要说推究其远祖所自，就是直接血缘中也多鲜卑血统。隋文帝杨坚的皇后与唐高祖李渊的母亲独孤氏姐妹、李渊的皇后窦氏、唐太宗李世民的皇后长孙氏等都是鲜卑族。其他开国文臣武将往往出于代北—关陇军功集团。这些带着刚劲英武气息的混血贵族取代了腐朽衰弱的汉魏士族，成为历史的推动者。

第三，北魏及其直系继承者东西魏、北齐北周的制度革新、演进为隋唐提供了制度资源，比如大家熟知的均田制、租调制，北周开始的官员考查选拔制度直接开启了隋唐科举制度，发源于鲜卑部落兵制度的府兵制度为隋唐（前期）提供了强大的军力。

第四，北魏积极从凉州、西域聘请高僧，造像凿窟，佛教中国化可以说是从平城（大同）开始的；北魏统治者（灭佛的太武帝）扶植寇谦之改革道教，使道教摆脱汉代原始状态，成为官方宗教，奠定了隋唐时代三教共荣、三教合一的基础。

这些问题同学们可能还考虑不到，但是教材上学习的内容总应该运用得上，那就是北魏孝文帝改革的相关知识。改革其实分为两段。这当然可以指冯太后主持阶段和孝文帝亲政后两个阶段，但也可以分为平城阶段和洛阳阶段。平城阶段主要是对鲜卑旧俗的整顿和创设新制度，洛阳阶段是以大规模、全方位的汉化为主。从平城到洛阳是鲜卑森林草原狩猎游牧文化的破茧化蝶，是中原汉族农耕文化的涅槃重生。

对这个问题有兴趣的同学可以阅读下面几本书：陈寅恪《隋唐制度渊源略论稿》、李平《平城时代》、余秋雨《寻觅中华》。

二、晋祠

1. 游学手册

1）学习目标

（1）通过调查、游览，能够了解晋祠的有关情况，认识其历史、文化和经济价值。

图 1　晋祠圣母殿前合影

（2）通过对晋祠三教融合文化的亲身体味，感受中华文化的包容与博大。

（3）阅读李白等文学大家与晋祠相关的诗词文章，了解作者笔下晋祠的美。

（4）通过亲身走进晋祠，发现晋祠的美，能够恰切描述和表达情感。

2）基础知识

在山西省太原市西南郊25公里处的悬瓮山麓晋水的源头处，有一片古建园林统名“晋祠”，1961年被定为全国重点文物保护单位。其最初是奉祀晋侯始祖唐叔虞的祠堂，称“唐叔虞祠”，因位于晋水源头，又称晋祠。这里，山环水绕，古木参天，在如画的美景中，历代劳动人民建筑了近百座殿、堂、楼、阁、亭、台、桥、榭。在苍郁的树木掩映之下，清澈见底的泉水蜿蜒穿流于祠庙殿宇之间，历史文物与自然风景荟萃一起，使游人目不暇接，流连忘返。

祠区内中轴线上的建筑，由东向西依次是：水镜台、会仙桥、金人台、对越坊、钟鼓二楼、献殿、鱼沼飞梁和圣母殿。这组建筑与其北面的唐叔虞祠、昊天神祠和文昌宫，以及南面的水母楼、难老泉亭及舍利生生塔等，组成了一个综合建筑群。东西一条主线上的建筑，配上南北两组建筑，本来是不同时期建起来的，集中在一起，却好像都服从于一个精巧的总体设计，并非杂乱无章的生拼硬凑，而显得布局紧凑，既像庙观的院落，又像皇室的宫苑，反映了我国古代劳动人民创造的匠心。

据《史纪·晋世家》记载，周武王之子成王姬诵封同母弟叔虞于唐，称唐叔虞。叔虞的儿子燮，因境内有晋水，改国号为晋。后人为了奉祀叔虞，在晋水源头建立了祠宇，称唐叔虞祠，也叫作晋祠。关于晋祠的创建年代，现在还难以考定。最早的记载见于北魏郦道元（466或472—527年）的《水经注》，书中写道：“际山枕水，有唐叔虞祠，水侧有凉堂，结飞梁于水上。”祠中的风景文物已大有可观，祠、堂、飞梁都已具备了。由此可见，晋祠的历史即使是从北魏算起，距今也有1000多年了。

在漫长的岁月中，晋祠曾经过多次修建和扩建，面貌不断改观。南北朝时，文宣帝高洋推翻东魏，建立了北齐，将晋阳定为别都，于天保年间（550—559年）扩建晋祠，“大起楼观，穿筑池塘”。隋开皇年间（581—600年），在祠区西南方增建舍利生生塔。唐贞观二十年（646年），太宗李世民到晋祠，撰写碑文《晋祠之铭并序》，并又一次进行了扩建。宋太宗赵光义于太平兴国年间（976—983 年）在晋祠大兴土木，修缮竣工时还刻碑记事。宋仁宗赵祯于天圣年间（1023—1032 年）追封唐叔虞为汾东王，并为唐叔虞之母邑姜修建了规模宏大的圣母殿。

自北宋天圣年间修建了圣母殿和鱼沼飞梁后，祠区建筑布局更是大为改观。此后，又铸造铁人，增建献殿、钟楼、鼓楼及水镜台等，这样，以圣母殿为主体的中轴线建筑物就次第告成。而原来居于正位的唐叔虞祠坐落在旁边，退居次要的位置了。

圣母殿是现存北宋建筑的杰出代表。位于晋祠主轴线上，坐西朝东，重檐歇山顶。殿身面阔五间，进深四间，殿堂结构为单槽形式，即有一排内柱，殿四周有深一间的回廊，构成下檐，即《营造法式》中所载“副阶周匝”的做法。大殿正面八根下檐柱上有木制雕龙缠绕，是宋代缠龙柱的孤例。

3）知识链接

圣母庙为晋祠中间最大的一组建筑；除正殿外，前面还有“飞梁”（十字木桥）、献殿、金人台及牌楼等，今分述如下。

晋祠圣母庙大殿，重檐歇山顶，面阔七间，进深六间，平面几成方形，在布置上至为奇特；殿身五间；副阶周匝；但是前廊深为两间，内槽深三间，故前廊异常空敞。

斗栱的分配，至为疏朗。在殿之正面，每间用补间铺作一朵，侧面则仅梢间用补间铺作。下檐斗栱五铺作，单栱出两跳；柱头出双下昂，补间出单杪单下昂。上檐斗栱六铺作，单栱出三跳；柱头出双杪单下昂，补间出单杪双下昂，第一跳偷心，但饰以翼形拱。但是在下昂的形式及用法上，这里又是一种未曾得见的奇例。柱头铺作上极长大的昂嘴两层，与地面完全平行，与柱成正角，下面平，上面斫幽页，并未将昂嘴向下斜斫或斜插，亦不求其与补间铺作的真下昂平行，完全直率地坦然放在那里，诚然是大胆诚实的做法。在补间铺作上，第一层昂昂尾向上挑起，第二层则将与令栱相交的耍头加长斫成昂嘴形，并不与真昂平行地向外伸出，这种做法与正定龙兴寺摩尼殿斗栱极为相似，至于其豪放生动似较之尤胜。在转角铺作上，各层昂及由昂均水平地伸出，由下面望去，颇呈高爽之象。山面除梢间外，均不用补间铺作。斗栱彩画与《营造法式》第 34 卷中的“五彩遍装”者极为相似。这虽属后世重装，但应当是古法。

此殿斗栱俱用单栱，泥道单栱上用柱头枋四层，各层枋间用斗垫托。阑额狭而高，上施薄而宽的普拍枋。角柱上只普拍枋出头，阑额不出。平柱至角柱间，有显著的生起。梁架为普通平置的梁，殿内因黑暗，时间匆促，未得细查。前殿因深两间，故在四椽栿上立童柱，以承上檐，童柱与相对之内柱间，除斗栱上之乳栿及劄牵外，柱头上更用普拍枋一道以相固济。按卫聚贤《晋祠指南》，圣母庙为宋天圣年间建。由结构法及外形姿势看来，其较《营造法式》所定的做法的确更古拙豪放，天圣之说当属可靠。

献殿在正殿之前，中隔放生池。殿三间，歇山顶。其与正殿结构法手法完全是同一时代的同一规制。斗栱单栱五铺作，柱头铺作双下昂，补间铺作单杪单下昂，第一跳偷心，但饰以小小翼形拱。正面每间用补间铺作一朵，山面唯正中间用补间铺作；柱头铺作伪双下昂，完全平置，后尾承托梁下，昂嘴与地面平行，如正殿的昂。补间则下昂后尾挑起，要头与令栱相交，长长伸出，斫作昂嘴形。两殿斗栱外面不同之点，唯在令栱之上，正殿用通长的捧檐枋，而献殿则用替木。斗栱后尾唯下昂挑起，全部偷心，第二跳跳头安梭形“栱”，单独的昂尾挑在平槫之下。至于柱头普拍枋，则与正殿完全相同。

献殿的梁架，只是简单的四椽栿上放一层干梁，梁身简单轻巧，不弱不费，故能经久不坏。殿之四周均无墙壁，当心间前后辟门，其余各间在坚厚的槛墙之上安直棂栅栏，如《营造法式》小木作中之叉子，当心间门扇亦为直棂栅栏门。

飞梁。正殿与献殿之间，有所谓“飞梁”者，横跨鱼沼之上。在建筑史上，这“飞梁”是我们现在所知的孤例。在池中立方约 30 厘米的石柱若干，柱上端微卷杀如殿宇之柱，柱上有普拍枋相交，其上置斗，斗上施十字栱相交，以承梁或额。这桥在形制上诚然极古，当与正殿、献殿属于同一时期；而在名称上尚保存着古名，谓之飞梁，这也是极罕见而值得注意的。

金人。献殿前牌楼之前，有方形的台基，上面四角上各立铁人一，谓之金人台。四金人之中，有两个是宋代所铸，其西南角金人胸前铸字，为宋故绵州魏城令刘植等于绍圣四年立。像塑法平庸，字体尚佳。其中两个近代补铸，一清朝，一民国，塑铸都同等粗劣。

晋祠范围以内，尚有唐叔虞祠、关帝庙等处，匆促未得入览，只好俟诸异日。唐贞观碑原石及后代另摹刻的一碑均存，且有碑亭妥为保护。

4）探究学习

①说一说与智伯渠有关的历史故事。

②晋祠为何成为以圣母为中心的祭祀场所？

③举例说明晋祠如何体现三教合一。

④说一说与晋祠有关的历史名人——傅山、顾炎武、阎若璩及其时代。

⑤“永锡难老”的难老泉今日实际状况如何？现实如何才能不负历史？

2. 历史游学纪实

在晋祠，我们主要讨论了中国历史上的三教合一问题。

晋祠本来是祭祀晋国开国者唐叔虞的，属于传统的宗庙祠堂性质，根植于中国最悠久的祖先崇拜文化土壤，特别是周朝强调“敬天法祖”的传统。所以，晋祠应该在西周就已出现，但见于文字记载和初具规模是在北朝时，这是否因为北朝时，佛教、道教盛行，佛道信仰开始渗透到唐叔虞崇拜中？隋唐开始在唐叔虞祠侧修建十方奉圣禅寺和舍利生生塔，晋祠的佛教色彩越来越浓。宋朝开始崇奉唐叔虞之母邑姜，尊奉其为圣母，唐叔虞转封汾东王，晋祠又有了道教色彩。这正印证了历史教材上的结论：魏晋南北朝开始出现三教合一的趋势，隋代提出了三教合一的主张，唐朝是三教并行。今天的晋祠内有圣母殿、唐叔虞祠、王琼祠，这大体属于传统祖先崇拜类；又有昊天祠、关帝庙、东岳庙，其道教色彩更浓一些；而十方奉圣禅寺是佛教建筑；有取义于“对越于天”，宣扬儒家孝亲报德思想的对越坊；还有说不清所属的台骀庙、公输子祠。

我们的问题是：在三教并行的信仰体系中，有没有一个更占主导地位的信仰？如果有，会是什么？

依我来看，三教繁荣热闹的背后，是国民没有明确的宗教信仰，只有源于中华民族心灵底层的传统信仰风俗。与典型的西方宗教信仰相比，中国人的宗教信仰可能有如下几个特点。

第一，中国人的信仰是多神崇拜，而非一神信仰，信仰十分驳杂。崇拜的对象，首先是自己的祖先，然后是从远古的神话人物、臆想出来的神灵、真实的历史英雄人物到草根阶层的义士节妇；其次是从山川河流、花草树木、飞禽走兽等自然事物，到各行各业、三教九流的各种人类活动，每一事物，甚至每一事物的每一部分都分别有一个主宰的神灵。

第二，中国人的信仰包容性很强，不会排斥其他信仰，而是海纳百川，不管什么宗教、何方神圣，都能接受。

第三，这种包容也不会是原封不动的接受，而是为其注入华夏民族的文化基因，将其纳入中华文化轨道上来。当然，这种包容也会使得各种外来文化逐步失去本来的文化特质，进而成为中华文化的一个有机组成部分。

第四，中国人的信仰是现实性、功利性很强的信仰，而不是注重终极关怀、终日冥思苦想、背着原罪包袱、寻求精神解脱的信仰。中国人的信仰源于生活，为了生活，其本身亦是生活。

第五，生活的信仰极富娱乐性，宗教建筑中总少不了戏台，法事演变为庙会就是明证。

第六，生活的信仰极重道德。圣人之教就是宗教法条，遵循道德规范就是执行宗教戒律。

然而，正是这种海纳百川的包容性才使中华文化成其大，正是这种生生不息的生活性才使中华文明成其久。

三、乔家大院

1. 游学手册

1）学习目标

（1）通过乔家的奋斗史，感受儒商的精神力量，学会用积极的、进取的态度学习和生活。

（2）通过游览乔家大院，领悟中国建筑与自然地理和人文文化的和谐关系。

（3）通过感性了解乔家大院的情况，认识晋商的相关历史。

（4）通过了解明清山西商人的成功，归纳晋商精神，并运用辩证唯物论的观点论述晋商精神的产生及其对后人的影响。

2）基础知识

乔家大院位于山西省祁县乔家堡村，北距太原市 54 公里，南距东观镇仅 2 公里。其又名“在中堂”，是清代全国著名的商业金融资本家乔致庸的宅第。其始建于清代乾隆年间，此后曾有两次增修、一次扩建，经过几代人的不断努力，于民国初年建成一座宏伟的建筑群体，并集中体现了我国清代北方民居的独特风格。

大院三面临街，不与周围民居相连。外围是封闭的砖墙，高 10 米有余，上层是女墙式的垛口，还有更楼，眺阁点缀其间，显得气势宏伟，威严高大。大门坐西朝东，上有高大的顶楼，中间有城门洞式的门道，大门对面是砖雕百寿图照壁。大门以里，是一条石铺的东西走向的甬道，甬道两侧靠墙有护墙围台，甬道尽头是祖先祠堂，与大门遥遥相对，为庙堂式结构。北面三个大院，都是芜廊出檐大门，暗棂暗柱，三大开间，车轿出入绰绰有余，门外侧有拴马柱和上马石，从东往西数，依次为老院、西北院、书房院。所有院落都是正偏结构，正院主人居住，偏院则是客房、佣人住室及灶房。在建筑上，偏院较为低矮，房顶结构也大不相同，正院都为瓦房出檐，偏院则为方砖铺顶的平房，既表现了伦理上的尊卑有序，又显示了建筑上的层次感。大院有主楼四座，以及门楼、更楼和眺阁六座。各院房顶有走道相通，便于夜间巡更护院。

图 1　乔家大院后花园合影

3）地理知识链接

（1）山西地形地貌。

山西疆域轮廓呈东北斜向西南的平行四边形，是典型的被黄土广泛覆盖的山地高原，地势东北高而西南低。高原内部起伏不平，河谷纵横，地貌类型复杂多样，有山地、丘陵、台地、平原，山多川少，山地、丘陵面积占全省总面积的80.1%，平川、河谷面积占总面积的19.9%。全省大部分地区海拔在1500米以上，中部为地堑构造形成的汾河谷地。

（2）山西气候。

山西省地处大陆东岸中纬度的内陆，东距海岸虽只有300~500公里，但由于省境东部山岭阻挡，气候受海洋影响较弱，在气候类型上属于温带大陆性季风气候。同时，又由于受内蒙古冬季冷气团的袭击，北部比较寒冷，而南部受到从河南黄淮海平原和豫北平原北上的夏季暖湿气团的滋润。这就形成了山西的气候特征，南北气候差异明显。

其气候总的特征是：冬季漫长，寒冷干燥；夏季南长北短，雨水集中；春季气候多变，风沙较多；秋季短暂，天气温和。全省日照充足，热量资源较丰富，但灾害性天气较多，“十年九旱”；境内南北狭长，山峦起伏，地势北高南低，南北气候差异显著，昼夜温差也较大。

4）历史知识链接

（1）晋商。

晋商是明清时期最大的商帮之一，曾对中国封建经济的发展起过重要的作用。

从明初到清末，晋商活跃了五个多世纪。其足迹东南到中国台湾、海南岛，西南到云南、贵州、打箭炉，西北到塔尔巴哈台、伊犁，东北到黑龙江，北向内外蒙；而且踏出国门，向西、向北到达彼得堡、莫斯科，东渡大海前往朝鲜、日本，甚至有人远赴阿拉伯各国、伊朗和欧洲。

晋商兴起的原因如下：第一，明政府为北边各边镇筹集军饷而推行开中制，为晋商的兴起提供了契机；第二，山西地处中原与西北游牧民族地区物资交流的要冲，这是晋商兴起的有利地理条件；第三，明代山西盐铁等手工业商品生产的发展为晋商的兴起提供了物质基础；第四，明代山西南部地狭人稠，这是山西人外出经商谋生的一个原因；第五，山西人勤俭、礼让、诚信的民风是晋商兴起的人文因素。到明代中后期，晋商已经发展成为拥有巨额资本、活动区域广、经营项目多的地方商帮，在全国商界占有举足轻重的地位。

明清社会中国地主制经济已经发展到非常成熟的阶段。社会经济的繁荣达到了前所未有的高度。山西商人和全国其他商人一道，在全国相当大的范围内沟通了生产者和消费者之间的关系，发展了城市与乡村之间的经济关系，扩大了区域间的经济联系。其在诸如粮食、棉花、布匹、食盐、铁器、木材等最重要的生产资料和生活资料的地区性买卖以及全国性运销中，起着举足轻重的作用。

在旧式金融方面，票号是山西商人的创造性发明。票号使商品经营资本和金融资本相结合，一度执全国金融界牛耳。票号的产生，标志着中国古代社会商品经济的发展达到了新的水平，也对商品经济的进一步发展起到了推动作用。

明清时期的官商，或称为“大商”，还满足了政府在军事后勤供应和财政上的需要，比民商（小商）与封建政府的联系更多，在赚取大量财富的同时也为巩固封建政权做出了贡献。

（2）祁县乔家。

祖居祁县乔家堡的乔家发家始祖乔贵发，出身贫寒，乾隆初年与秦姓结为异姓兄弟，一同出走口外，经营小本生意；经过艰苦创业，有所积累后创办广盛公，又一度濒临破产，重新恢复后改名复盛公。乔氏以在中堂、大吉堂、进修堂、德兴堂名义，秦氏以三余堂名义，在复盛公共投资白银 3 万两，业务仍以经营油、粮、米、面为主，后又兼营酒、衣服、钱铺，买卖日益兴隆。

乔家子弟恪守祖训，定有家规，不准嫖赌，不准纳妾，不准酗酒，因此乔姓家业兴旺。而秦姓子弟吃喝嫖赌，挥霍浪费，渐从号内将股份抽出，全部花光。秦氏抽出之股均由乔家补进。复盛公成为乔姓之商号后，买卖更加昌兴，相继在包头增设复盛全、复盛西商号和复盛菜园；后来又在包头城内共开设复盛公、复盛西、复盛全等 19 个门面，有四五百名职工，是包头城开办最早、实力最为雄厚的商号，故包头城有“先有复盛公，后有包头城”之说。

乔氏依托复字号，又向国内各大中商埠发展，先后在京、津、东北、长江流域各城镇设立商号，光绪十年（1884 年）又设大德通、大德恒票号。大德通票号最初资本 6 万两，中期增银 12 万两，最后增至 35 万两。大德恒票号资本 10 万两。两票号在全国各地有 20 多个码头（分号）。西至兰州、西安，东至南京、上海、杭州，北至张家口、归化、包头，东北至沈阳等地，均设有乔氏商号。清末，乔氏在全国各地有票号、钱庄、当铺、粮店等 200 多处，有流动资金 700 万~1000 万两以上，加上土地、房产等不动产，有资产数千万两。

乔氏在商业经营中很注意网罗人才，这也是乔氏商业长久兴旺的重要原因。如，礼聘祁县人阎维藩（1859—1949 年）为大德通票号总经理，许其全权处理号事。阎为报答乔氏知遇之恩，殚精竭虑，苦心经营，使乔氏商业获益匪浅。乔氏为其商业之繁盛，一直注意交结官府。上至皇室亲贵，下至州府县吏，四方笼络，八方疏通。光绪以来，陕甘封疆大吏、山西巡抚道员几乎都与乔氏的商业在经济上有交往。庚子事变，慈禧西逃，途经山西时，乔氏大展交结官吏之能事，使慈禧行营设在其所办票号祁县大德通总号，又出借给清廷40万银两，以应清廷西逃财政拮据之急。清廷当然也是“报之以李”，此后对乔氏商业多加关照。

乔贵发共有三子，第三子全美的次子致庸（1818—1907年），是乔家出类拔萃的一位人物，他历经道光、咸丰、同治、光绪四个朝代，为乔氏家族的繁荣立下了大功。致庸先是想以“儒术荣门阀”，后又感到此乃舍本求末，于是决心继承祖业，在商界大展宏图。致庸治商有方，并主张经商首重信，次重义，最后才是利。他认为，经商必须戒懒、戒骄、戒贪。在致庸的精心经营下，乔氏“在中堂”的商业得到很大发展，人称致庸为“亮财主”。

致庸次子景仪所生子映霞后来主持在中堂。映霞深受乃祖熏陶，主持乔家以后，事业心强，治家颇严。映霞不愿意乔家诺大家业在他手中败落，力图振兴，维护这个家族的繁盛和完整。映霞订立了许多家规：一不准吸鸦片，二不准纳妾，三不准赌博，四不准冶游，五不准酗酒，等等。乔家对子弟读书也十分重视，而且要求甚严。乔氏重教之风为乔家培育了许多人才，其后代子弟有不少人进入高等学府，成为科学家、教授和爱国军人等。

乔氏家族的衰败，是从清末清政府设户部银行开始。时乔氏票号业务多被官办银行夺走，公私存款大幅度减少，乔氏不得不把票号改组为钱庄。辛亥革命时期，随着清王朝的灭亡，原依附清王朝的乔氏商业大受损失。乔氏在包头的复字号商业，因1926年冯玉祥军向北撤退时，垫支饷粮，摊派极重，损失粮食5万石、现洋150万元，元气大伤。1937年日军侵占包头，乔氏复字号当铺、钱铺均被日伪组织接收。抗战后，乔氏商号复业，仅苟延残喘，到新中国成立前已是奄奄一息。

5）探究学习

①乔家大院的院墙大约高（　　　　　　）米，反映了中国什么样的文化？建筑的主要用材为（　　　　　　），屋檐为何朝向里面？房顶的形状是（　　　　　　），反映了什么样的自然环境？

②为何在山西有大量的木结构建筑保存下来？

③你在乔家大院感受到了哪些“儒商”气氛？

④今天发展经济过程中应该向乔家学习哪些有益的东西？

⑤如何认识“冲着电影《大红灯笼高高挂》的取景地来看乔家大院”的现象？

⑥如何认识乔家与官府的关系？今天这种做法可取吗？

2. 历史游学纪实

通过电视剧《乔家大院》，大家对乔家商业精神和商业成就有了很感性的认识。今天，我们在乔家大院主要关注一点：大院的儒家文化色彩。

行前，我们提醒大家注意阅读、拍照乔家大院的匾牌楹联。楹联如“子孙贤族将大　兄弟睦家之肥”“读书即未成名毕竟人高品雅　修德不期获报自然梦稳心安”“幸有两眼明广交益友　苦无十年暇熟读奇书”“惜食惜衣非为惜财当惜福　求名求利但须求己莫求人”“行事莫将天理错　立身宜与古人争”“拥林千亩眼底波涛方悟种德如种树　存书万卷笔下瀚海才知做文即做人”“近圣人之居美富可瞻顾多士升堂入室　从大夫之后典型在望仰前贤举善亲仇”“损人欲以覆天理　善道德而能文章”“不可吃尽不可穿尽不可说尽　又要懂得又要做得又要耐得”等，匾额如“俭养德”“敦品第”“知足阁”等。

图2　乔家大院小合影

所有楹联、匾额或雅或俗，或文或白，但箴戒的目的是一致的：对子孙宣扬勤俭克己、知足常乐、和睦友善，劝导后人修身养性、读书明理。乔家家风的总精神可以说是德行立家，诗书传世。这些触目皆是的警语、格言配合着严格的家规，使乔家成为巨贾但绝非土豪，富甲一方但绝不骄纵。

乔家的精神风貌应该就是儒商的表现，尽管其科举功名与经商致富结合方面的成就可能还比不上与其有姻亲关系的榆次常家、静升王家。

以儒家道德为指导的一部分中国传统商人诚信经营，乐善好施，尊重和富有文化修养，在积累了巨大物质财富的同时也培养了良好的家风，保证家业不堕，对保存、发展文化教育事业也做出过重大贡献。今天的中国，在某种程度上说处于“资本原始积累”的过程中，人们狂热地追求财富，乃至无所不用其极，再加上传统文化遭到摈弃以及法制不健全，一时间假冒伪劣、坑蒙拐骗、偷税漏税、奢侈腐化等践踏道德乃至触犯法律的现象大量涌现，让人们对传统儒商的期待更加强烈。

我们当然也呼唤有更多的儒商出现，以净化商业环境，促进优秀传统文化的发扬光大。但是，我们不能把全部希望都寄托在“儒商”的身上。因为儒家精神实质上是一种道德自律，需要强大的内心反省和自我克制能力，即所谓三省吾身、克己复礼。这在理学占统治地位、儒家思想深入社会各阶层人心、渗透到社会生活各个层面的传统农耕社会能有一时甚至几代之效，但也不能保证永远起作用。子孙不肖、败德破家者比比皆是，静升王家繁盛10余代，最终也因子孙堕落而破败。

儒家道德自律内省不敷用，弥补的办法何在?

这只能是通过建设制度、明定法律，用法制外在的约束来保证商人不逾矩、不越轨。在今天的中国，要实现商业环境的纯净，法制是根本，德教是辅助；法制立竿见影，德教细水慢流。在守法的前提下，才能谈诚信、文明、儒雅。而做一个遵纪守法的商人，才有可能成为儒商。只有让违法乱纪的奸商、市霸、走私犯、毒枭之类的人根本不法在商界存活，才可能有商业的正常发展，儒商才有可能大量涌现。

四、平遥古城

1. 游学手册

1）学习目标

（1）通过对平遥古城的一系列游览，掌握旅游景区规划设计的原则和内容；感悟我们祖先的聪明才智，树立保护环境和文物古迹的责任感。

图1　平遥街头合影

（2）通过了解晋商的相关事迹，体会其创业精神和诚信经营。

（3）通过查阅山西票号产生的社会背景和历史条件，从镖局到钱庄再到山西票号，归纳社会商品经济发展对货币产生、发展的影响，进一步归纳商品交换的过程及金融机构的主要业务。

2）基础知识

平遥古城，位于山西中部的平遥县，是一座具有2700多年历史的文化名城，与同为第二批国家历史文化名城的四川阆中、云南丽江、安徽歙县并称为“保存最为完好的四大古城”，也是目前我国唯一以整座古城申报世界文化遗产获得成功的古县城。

平遥旧称“古陶”，明朝初年，为防御外族南扰，始建城墙，洪武三年（1370年）在旧墙垣基础上重筑扩修，并全面包砖。此后，景泰、正德、嘉靖、隆庆和万历各代进行过10次的补修、修葺和更新城楼。康熙四十三年（1703年），因皇帝西巡路经平遥而筑了四面大城楼，使城池更加壮观。平遥城墙总周长6163米，墙高约12米，把面积约2.25平方公里的平遥县城分隔为两个风格迥异的世界——城墙以内的街道、铺面、市楼保留了明清形制，城墙以外称新城。这是一座古代与现代建筑各成一体、交相辉映、令人遐思不已的佳地。

2009年，平遥古城荣膺世界纪录协会中国现存最完整的古代县城，再获殊荣。

3）历史知识链接

平遥目前基本保存了明清时期的县城原型，有“龟城”之称。其街道格局为“土”字形，建筑布局则遵从八卦的方位，体现了明清时期的城市规划理念和形制分布。城内外有各类遗址、古建筑300多处，有保存完整的明清民宅近4000座，街道商铺都体现了历史原貌，被称作研究中国古代城市的活样本。

平遥城墙建于明洪武三年，现存有6座城门瓮城、4座角楼和72座敌楼。其中，南门城墙段于2004年倒塌，除此以外的其余大部分都至今完好，是中国现存规模较大、历史较早、保存较完整的古城墙之一，也是世界遗产平遥古城的核心组成部分。此外，镇国寺、双林寺和平遥文庙等也都被纳入世界遗产的保护范围。

平遥古城的交通脉络由纵横交错的4大街、8小街及72条蚰蜒巷构成。

南大街为平遥古城的中轴线，北起东西大街衔接处，南到大东门（迎熏门），以古市楼贯穿南北；街道两旁，老字号与传统名店铺林立，是最为繁盛的传统商业街，清朝时期南大街控制着全国50%以上的金融机构，被誉为中国的“华尔街”。

西大街，西起下西门（凤仪门）、东与南大街北端相交，与东大街呈一条笔直贯通的主街。著名的中国第一家票号——日升昌就诞生于古城西大街，其被誉为“大清金融第一街”。

日升昌票号创建于道光四年（1824 年），遗址占地 2324 平方米，用地紧凑，功能分明。百年沧桑，业绩辉煌，执全国金融之牛耳，开中国民族银行业之先河，并一度操纵 19 世纪整个清王朝的经济命脉。其分号遍布全国 30 余个城市、商埠重镇，远及欧美、东南亚等国，以“汇通天下”著称于世。日升昌票号创立后，先后有介休、太谷、祁县竞相效仿。

东大街，东起下东门（亲翰门），西与南大街北端相交，与西大街呈一条笔直贯通的主街。

北大街，北起北门（拱极门），南通西大街中部。

8 小街和 72 条蚰蜒巷，名称各有由来，有的得名于附近的建筑或醒目标志，例如衙门街、书院街、校场巷、贺兰桥巷、旗杆街、三眼井街、照壁南街、小察院巷等；有的得名于祠庙，例如文庙街、城隍庙街、罗汉庙街、火神庙街、关帝庙街、真武庙街、五道庙街等；有的得名于当地的大户，例如赵举人街、雷家院街、宋梦槐巷、阎家巷、冀家巷、郭家巷、范家街、邵家巷、马家巷等；古城东北角有一座相对封闭的城中城，类似于古代城市中的坊，附近的四条街道也就被命名为东壁景堡、中壁景堡、西壁景堡和堡外街；还有一些街巷则已经无法探究名称来历了，例如仁义街、甜水巷、豆芽街 、葫芦肚巷等。

平遥古城民居，以砖墙瓦顶的木结构四合院为主，布局严谨，左右对称，尊卑有序。大家族则修建二进或三进院落甚至更大的院群，院落之间多用装饰华丽的垂花门分隔。民居院内大多装饰精美，进门通常建有砖雕照壁，檐下梁枋有木雕雀替，柱础、门柱、石鼓多用石雕装饰。

民间有句俗语——“平遥古城十大怪”，其中一条是“房子半边盖”。平遥民居之所以大多为单坡内落水，流传最广的说法称之为“四水归堂”或“肥水不流外人田”。山西地处干旱，且风沙较大，将房屋建成单坡，能增加房屋临街外墙的高度，而临街又不开窗户，则能够有效地抵御风沙和提高安全系数。而院内紧凑的布局则显示了对外排斥、对内凝聚的民族性格。

城隍庙位于城东南的城隍庙街，由城隍庙、财神庙、灶君庙三组建筑群构成。城隍神是古代汉民族宗教文化中普遍崇祀的重要神祇之一，大多由有功于地方民众的名臣英雄充当。城隍庙的宣传词“皇帝有难上天坛，县官有难到此来”不知出自何处，但在历史上尤其是明代，城隍受封的官职确实高于县令，明太祖诏令各地必须建城隍庙，与县衙署对称设置，“阴阳各司其职”，这是古代“人神共治”思想的明显表现。

清虚观位于东大街东段，创建于唐，鼎盛于元，现存主体建筑是明代遗物，为山西省重点文保单位。

平遥国际摄影节（Pingyao International Photography Festival，简称 PIPF）始创于 2001 年。2001 年，在国务院文化部、国务院新闻办公室和山西省省委、省政府的大力支持下首次创办的“平遥国际摄影节”，完全按照国际规范操作，国内与国际接轨，传统与现代互动，使平遥古城独特的风貌、古朴的民风以及形式多样的摄影活动交相辉映，在海内外产生了出乎预料的轰动效应。

4）探究学习

（1）地理部分。

①关注平遥古城的细节：整个城市是（　　　　　　）状，道路网为（　　　　　　）格局，突出了中国文化中的（　　　　　　）思想。

路边的店多为卖（　　　　　　），各店所卖物品有何问题？

店面的装修颜色和风格是否统一？

旅游区的员工服装款式、颜色是否统一？

请在不同景点的门票上找出平遥古城统一的标志，并画出。

城内的树木比二环内的北京城多还是少？所栽树种多为什么树种？这体现了中国古代什么思想？

这些景区的视觉形象设计给你留下什么深刻的印象？

在游览过程中，看谁先找到平遥古城景区形象设计的理念（一级理念和二级理念）。其宣传口号是什么？

②游览了两天，你总结出平遥古城的特色景区吸引物是什么？平遥城内有现代建筑吗？

③经过几天的游览，你认为平遥古城的服务业在哪些方面有待提高？具体的措施是什么？

④回顾课本回答：旅游景区的基本组成要素是什么？旅游景区规划设计的原则是什么？旅游景区规划设计的内容是什么？

⑤在游览平遥古城时，请观察平遥古城的现状和我们课本上关于平遥城的规划有什么不同点，有没有达到我们课本上所说的效果，请在整个游览的过程中通过各种方式寻找答案。

（2）历史部分

①晋商兴起的背景和衰落的原因是什么？

②平遥票号兴起的社会背景和历史条件是什么？以日升昌号为例说明其发展简况。

③平遥历史名人举例：尹吉甫与平遥与《诗经》。

④平遥市楼为何叫金井楼？其反映了哪些文化内容和特点？

⑤平遥县衙：什么是三班六房？

⑥镖局、钱庄的主要业务分别是什么？从镖局到钱庄再到山西票号，归纳社会商品经济发展对货币产生、发展有哪些影响？

（3）政治部分

①从山西票号如何看待商品交换的过程？现代金融机构的主要业务有哪些？

②明清山西商人是如何经营的？其成功的要素有哪些？

③晋商精神有哪些？请运用辩证唯物论的观点论述晋商精神的产生及其对后人的影响？

④平遥古城的建筑结构、对联等反映出了中国的什么传统思想？传统文化继承的表现有哪些？应如何对待传统文化？

2. 地理游学纪实

上午吃完早饭，我们做大巴车去平遥，在高速公路上遭遇大雨，感觉有些害怕。好在山西境内高速公路上运煤的大货车并不多。这马上引起了我的思考：这是山西的煤炭地位下降，经济开始转型了？还是山西高速公路收费多，大货车不愿意上高速公路了？

途中经过雁门关，窗外的雨越下越大，景色朦胧，但是长达 14 公里的雁门关隧道还是着实让我们感受到了这里的地形险峻。从小的语文课、历史课有那么多关于雁门关的描述，但在我的脑海中都只是一个地名，甚至都不知道它具体在什么地方，至于它所处的地形、地貌以及诗词中反映出来的意境根本就无法心领神会。当我真切地置身其中时，有种豁然开朗的感觉。付老师还给我们讲了关于雁门关的历史故事，我们都听得津津有味。没过多久，雨停了，我已经依稀看到了黄土高原地貌的特点：千沟万壑！

当天下午，我们去了乔家大院—— 一个晋商的大宅院。与我 12 年前来时相比，这里更加热闹：到处都是工地，到处都在挖沟，到处都是商铺；拥挤不堪，商铺重复，商品雷同，景区的服务设施面积远远大于乔家大院的面积，但是规划不合理，道路狭窄凌乱，也有可能是还没有建好的缘故。比较有特色的商品是石头烙饼、现场做的梳子和擀面杖，还有老陈醋，周围种的树多为枣树，也重复表明这里比较干旱。

乔家大院保存完好，干净整洁，建筑精致美观。在了解了乔家百年的兴衰史后，我深切地感受到，晋商非常重视对子孙的教育，注重传统文化和道德培养，尤其注重“信”“义”。这正是我们当今社会所缺乏的。同学们听得很认真，从中感受到了晋商的精神和时代的变迁，欣赏了精美的建筑。

之后，我们又去了太原晋祠，晋水之源。这是我第一次来晋祠，来之前就知道这里有三宝，都是文化瑰宝。然而真正让我感受深刻的是这里的环境：阴雨蒙蒙，绿荫四合，空气清新，建筑精美，环境幽雅。仰望，古树参天；俯瞰，流水潺潺。这一切都让人叹为观止，这是一种自然美与人工美的完美结合。炎炎夏日，走在楼台亭阁和树荫之间，内心多了几分清凉，生活多了几分安逸。我们这些天天生活在雾霾和车水马龙之中的都市人，太需要这样的人间仙境、世外桃源了，花上一个下午，约上三五好友聊天，或者静静地一个人沉思，感受阳光从树荫间洒落下来，抚摸习习微风，那真是太美的享受了。

傍晚时分，我们来到平遥古城。一进停车场，我就感觉到了破烂与脏乱。停车场的地面到处是脏水，基本没有硬化，我们的车只能停到泥淖中，大家拉、提、扛着行李连蹦带跳——挑干爽硬实一点的路——走出停车场。进城的电瓶车又脏又烂，城里的道路凹凸不平，开车的师傅开足马力在大街小巷迂回穿插、横冲直撞，我们坐在车上颠簸不已、惊呼连连，压根没有心思浏览路边古朴的民居和繁华的店铺。

我们入住的旅店坐落在市中心最繁华的一条街道上，是一家个人经营的客栈，院子是那种老式风格的三进院落，二层小楼，院子里大树参天，总体环境清雅，房间也算干净整洁，只是房间的基础设施实在不敢恭维：没有24小时热水，我们的马桶不能按压冲水，床上的用品档次也很低。我们一团人把整个院子包了下来，同学们住在同一个四合院里，沟通起来非常方便，大家聊天、做游戏，兴奋地不睡觉。四合院的居住方式，非常方便人与人之间的交流联系，是我们这些住在城市楼房中的人非常渴望的。这虽然是我们8天行程中住宿条件最差的一个地方，但也是最有特色的一个住处。

图 2　平遥客栈学习

第二天一早，我们就开始游览整个平遥古城。在旅游过程中，我发现了一些与其他旅游景点不一样的地方：这里街道上的店面很雷同，从口音上判断有些店主是南方人；大街上有很多风格各异的酒吧，充满了现代气息；街上的公厕多为个人开设，如厕一次一元钱。我们在城南居然还看到了运送粪便的大粪车，难道这里的城区没有下水管道？这些奇怪的现象引起了我的注意，这与我们在教科书上学到的平遥城的旅游规划风格截然不同。

教科书上，平遥城的旅游规划方案如下。

第一，理念形象设计。

一级理念：华夏第一古县城——城墙围起来的历史。

二级理念：晋商文化通天下，古城英姿冠神州；中国近代金融业的摇篮，汉民族城市的遗存景观——一个远离现代文明的古文化观光园。

该理念的基点：①突出古城特色，抢占“华夏第一”的制高点，以区别于西安、江陵和兴城古城；②古城的文化灵魂是晋商文化，正是这一文化的辉煌才造就了古城的豪迈与典范，可以说，古城是形象，晋商文化是根，二者互相促进，相互映照；③古城昔日的独领风骚还在于它曾经作为中国近代金融业的摇篮和银行业的诞生地、晋商的发祥地和大本营。

第二，视觉形象设计。

平遥古城是全县城的旅游核心区，其视觉形象对于营造古城旅游形象起着至关重要的作用。古城形象建设理念包括汉民族文化、三晋文化、晋商文化、宗教文化、风水文化、关公文化、儒家文化等文化特质，具体体现在建筑形态、城市格局和自然环境特征上，对此应有针对性和拓展性设计。

建筑：所有新建筑物应符合古城原赋风格，民居或接待服务设施（宾馆）应以四合院为基本形式，木构砖瓦，清水砖墙，或砖窑洞加木廊外檐，或下窑上楼式。铺面建筑修复一律厚木排门，檐下彩画，挂店名牌横匾，色彩应保持较低的明度和彩度。

城市格局：保持现有龟体城池的格局，以南大街为中轴、市楼为中心、层第展开，表现出左祖右社、寺庙对称、文武相遥、上下有序的古建风格，旅游线路改造要立足于现状，重在恢复原状，不应开辟城内新的布局格局。

总之，在我们教科书讲解旅游景区规划设计原则时，是把平遥旅游规划当成案例的。而直观粗浅的观察结果与教材的叙述是有差距的。在城墙上，导游给我们讲了平遥古城的规划及目前存在的问题。古城原来规划把城里的居民全部迁至城外，在古城外建设一个新城，作为居民生活的地方。古城内由政府统一规划开发，做成体验式旅游：游客进入古城后必须穿着古代的服饰，店员和其他服务人员也穿古装，让游客有身临其境的感受。然而这在具体实施过程中遇到了问题。政府给居民的迁出补偿费用很低，而且政府和居民在分红方案上也没有达成共识。由于种种原因，没有多少居民迁出去，目前平遥城基本上以居民自己经营的小店和客栈为主，不愿意自己经营的人家把店租给外地人，由于门票分红给居民的很少，房屋的产权分散，不便于集中规划建设，所以，整个平遥城的基础设施相对于丽江等世界遗产名古城要差一些。

此时，我脑海中突然浮现出我们前两天刚刚游览完的大同云冈石窟，那里是政府主导开发的模式，景区整体状况和平遥截然不同，如果让学生辩论平遥城的开发模式——政府主导 VS 个体自由开发，这岂不是一个很好的辩论题目，可以让学生在辩论的过程中感受旅游景观开发方式的差异、优缺点，并总结出旅游资源开发评价的原则、内容。于是，在整个旅游过程中，我有意识地指导学生关注平遥城的基础设施、小店的问题，再引导他们回顾课本所学，激发起他们内心的矛盾、疑问，为晚上的辩论做好铺垫。

图 3　辩论赛

回到客栈，吃完晚饭后，我们开始在客栈的院子里举行平遥古城开发方案的辩论。辩论会非常热烈，同学们各抒己见，妙语连珠，连客栈的服务员都忍不住来旁听。辩论的目的不在于输赢，不在于学生总结得是否完备，重点在于学生能参与其中、动脑思考，锻炼了他们的语言表达能力。这样以学生为主、教师为辅的形式深得学生们的喜欢。

3. 历史游学纪实

从雁北到晋中，从乔家到平遥，一路走来，绕不开的一个话题是晋商。

今天的平遥，游人如织，繁华胜于往昔，但与当年执全国金融业牛耳的平遥城相比，其经济地位根本不能同日而语。更令人唏嘘不已的是，今天的平遥之所以能保留古城风貌，是因为近代以来，特别是在改革开放之初大拆大建的城市建设大潮中，平遥是因为贫弱，无力大兴土木而侥幸保存下来的。

晋商从明初崛起，繁盛 500 年，到清末民初衰败。而在传统晋商走向衰败的同时，邻邦日本的传统商人、高利贷者经历了脱胎换骨式的变革，纷纷涅槃为现代大企业、大财阀，推动日本成为现代化强国。晋商与“大阪富豪”（明治维新前，日本有谚语“大阪富豪一怒，天下诸侯惊惧”的说法）的命运为何不同？这带给了我们什么样的思考？

晋商的崛起、兴盛和衰落都与当时的官府关系密切。明初晋商兴起的重要契机是朝廷在北方实行防卫蒙古的后勤供应制度——开中法；直到清朝后期，晋商票号往往承担着户部报销、缴兑的职责，号称清朝的代理财政部；有些晋商家族商而优则仕，努力培养子弟读儒书考功名，做到官商一体。可以说，晋商成在官府。然而各级官府对晋商也有百般勒索压榨的一面，捐输报效不断；晋商也有与贪官勾结代为洗钱的劣迹；清朝的灭亡使晋商失去依靠，从而一落千丈。可以说，晋商也败在官府。

——如果有可能，工商业者应该追求个体的独立，遵循市场规则，凭借真实经营本领吃饭，切莫与官员“勾肩搭背”，丧失人格，丧失独立发展的勇气和机会。这在以前可能很难，但在今天，应该是一个独立发展的大好时机。

晋商整体上说是与古代社会经济、政治、文化相适应的，是服务于封建农业、传统手工业和专制政府的，其经营模式、手段和理念是前近代的，而因在近代西方经济的冲击下，没能够及时调整战略，主动转型，导致了最终失败。其票号、钱庄没有能够转型为现代银行就是一个典型的例子。

今天的中国社会经济从各方面来看都处在一个伟大的转型时期：从国有经济占绝对主导到大力发展个体私营经济，从外向型经济到内需拉动为主，从劳动密集型经济到技术密集型经济，从粗放经济到集约经济，从传统工业技术到信息技术，等等。有识之士应当理解时代变局，把握时代发展趋势，努力实现自身的跨越式发展。

晋商衰败的一个重要原因是受到外国资本主义的侵逼。原始的驮马竞争不过火车、轮船，手工生产的产品竞争不过机器产品，责任无限而资本有限的票号竞争不过外资银行，中国的关税、厘金优惠于外资而严苛于民族企业。覆巢之下无完卵，国家不幸商人难。

工商业者不能依附、勾结官府，但不能不承担起富国强国的民族大义。只有人人爱国，特别是富人爱国，国家才能兴旺强大；只有国家强盛，才有国人的国际地位，才有民族工商业的生长空间。

推荐阅读书目：张正明，张舒. 晋商兴衰史［M］. 太原：山西出版集团，山西经济出版社，2010.

五、壶口瀑布

1. 游学手册

1）学习目标

（1）通过实地考察，理解流水侵蚀和瀑布的形成原理。

（2）去壶口瀑布的过程中，体会黄土高原的地貌特征，思考水土流失的成因、危害及改善措施。

（3）通过实验，感受黄河水含沙量的多少。

（4）体会祖国大好河山的壮观，培养爱国主义情感。

（5）阅读梁衡的《壶口瀑布》，感受作家笔下壶口瀑布的特点，体会作者见到壶口瀑布的感悟。

2）基础知识

壶口瀑布是中国黄河上的著名瀑布，其奔腾汹涌的气势是中华民族精神的象征。其东濒山西省临汾市吉县壶口镇，西临陕西省延安市宜川县壶口乡。黄河至此两岸石壁峭立，河口收束狭如壶口，故名壶口瀑布。瀑布落差 9 米，蕴藏丰富的水力资源，已成为世界上最大的黄色瀑布，也因气势雄浑而享誉中外。壶口瀑布，是由黄河流至壶口一带，两岸苍山夹峙，把黄河水约束在狭窄的黄河峡谷中，河水聚拢，收束为一股，于是形成特大马蹄状瀑布群。主瀑布宽 40 米，落差 30 多米，瀑布涛声轰鸣，水雾升空，惊天动地，气吞山河，奔腾呼啸，跃入深潭，溅起浪涛翻滚，形似巨壶内黄水沸腾。巨大的浪涛，在形成的落差注入谷底后，激起一团团水雾烟云，景色分外奇丽。站在河边观瀑，游人无不唱起“风在吼，马在叫，黄河在咆哮”这首威武雄壮的歌曲。

3）地理知识链接

黄土高原

黄土高原是中国四大高原之一，也是世界上黄土覆盖面积最大的高原；位于中国北部北纬 34°~40°、东经 102°~114°，横跨青、甘、宁、内蒙古、陕、晋、豫7省区，东西长约900公里，南北宽400~500公里，面积约40万平方公里；是中华民族古代文明的发祥地之一。

黄土，是对黄色松散土的总称，具有无层理性，自然剖面柱状节理发育，能保持直立陡壁、遇水湿陷等特性，是研究第四纪气候和古环境变化的信息库。

黄土高原成因

黄土高原的形成原因很复杂，主要原因在于青藏高原的隆升和东西走向的喜马拉雅山挡住了印度洋暖湿气团的向北移动，久而久之，中国的西北部地区越来越干旱，渐渐形成了大面积的沙漠和戈壁，于是，这里就成了堆积起黄土高原的那些沙尘的发源地。体积巨大的青藏高原正好耸立在北半球的西风带中，240万年以来，它的高度在不断增长。青藏高原的宽度约占西风带的1/3，把西风带的近地面层分为南北两支。南支沿喜马拉雅山南侧向东流动，北支从青藏高原的东北边缘开始向东流动，这支高空气流常年存在于3500~7000米的高空，成为搬运沙尘的主要动力。与此同时，由于青藏高原的隆起，东亚季风也被加强了，从西北吹向东南的冬季风与西风急流一起，在中国北方制造了一个黄土高原。

黄土高原的地貌类型

基本的类型有：①沟间地地貌。其主要类型是塬、梁、峁。塬是黄土堆积受流水侵蚀残留的高原面；被沟谷强烈侵蚀后的塬称作破碎塬；在大的地堑断陷谷地里，覆盖在复式阶梯状断裂之上的塬称为黄土台塬。梁的横剖面略呈穹状，梁顶以下有明显的波折。峁是孤立的黄土丘，平面呈椭圆或圆形。而黄土梁峁区又称黄土丘陵沟壑区。②沟谷地貌。其按大小、形态特征和发育过程，可分为细沟、浅沟、切沟、冲沟和河沟等。黄土覆盖的流域面积和沟谷面积之比均已超过25%，最严重者占56.7%，即被沟谷侵蚀的面积已达黄土覆盖面积的1/2。③黄土微地貌。这是地表水沿着黄土中的裂隙下渗，受机械侵蚀和化学溶蚀的结果，破坏了黄土结构，形成洞穴，并引起地面沉陷，造成黄土特有的潜蚀地貌。常见的有黄土碟、陷穴、黄土桥和黄土柱等。

气候水文

黄土高原河流众多，沟壑纵横，沟壑面积约占总土地面积的50%；主要河流有黄河及其支流渭河、泾河、洛河、延河、无定河及窟野河等。河水主要来源于降水，降水分布的特点是南部多而北部少，山区多而平原谷地少。

因此，径流的分布规律是自南向北减少，山区大于原区谷地。

黄土高原位于大陆腹地，气候较干旱，降水稀少，蒸发强烈，水源短缺。黄土高原的地区属温带季风气候区的边缘，大陆性和季风不稳定性更加突出，全年总雨量少，65%的雨水集中在夏季，降水的强度大，往往一次暴雨量就占全年雨量的30%，甚至更多，这是造成黄土高原水土流失的原因之一。高原日照充足，从西北向东南，年均温度在8℃~14℃，无霜期为120~200天，属暖温带。

全区地表水资源105.56亿立方米，人均536立方米，亩均263立方米。由于季风气候的影响，降水的年变率大，年内分配不均。因此，地表径流的年际变化大，径流的年内分配集中，汛期（7~10月）径流量占年径流量的60%~70%，甚至集中于几场大暴雨中，形成丰水年雨涝洪灾，少水年干旱缺水。黄土高原水土流失严重，河流含沙量很大。黄土丘陵沟壑区输沙漠数达20000~30000吨/年·平方公里。黄土高原地表水的天然水质是良好的，大部分地区属重碳酸盐水，矿化度低，适宜工农业使用及人畜饮用。黄土高原地下水主要分布在高原北部边缘的风沙滩地区，在广大的黄土区及丘陵山区地下水非常贫乏。

黄土高原生态

黄土高原生态系统十分脆弱，主要表现在以下两个方面：

黄土高原抵御自然灾害的能力较低。黄土高原的地理位置比较特殊，即处于从平原向山地高原过渡、从沿海向内陆过渡、从湿润向干旱过渡、从森林向草原过渡、从农业向牧业过渡的地区，各种自然要素相互交错，自然环境条件不够稳定，表现为地质地震灾害、水旱灾害和气象灾害，以及水土流失、土壤侵蚀等自然灾害比较频繁和严重。而人类的不合理开发利用，如滥垦、滥牧、过樵、过牧，都会引起自然环境的强烈反应，使得自然灾害发生的频度增大。

黄土高原的环境遭到破坏后，恢复相当困难。据历史资料考证，黄土高原曾是塬面广阔、沟壑稀少、植被丰茂的地区。随着人口的增加和人类活动的加剧，环境渐渐恶化，如植被减少，气候变干，土壤遭到侵蚀等。[1]

水土保持的方针是：工程措施与生物措施相结合，以生物措施为主，以小流域为单元，进行综合治理、集中治理、连续治理。

---

[1] 中国大百科全书总编委会. 中国大百科全书（第10分册）［M］. 北京：中国大百科全书出版社，2009.

4）探究学习

（1）地理。

①在去壶口瀑布的途中，观察黄土高原的地貌，认识原、梁、峁。观察黄土的垂直节理，窑洞分布在哪些地区？农田分布在哪些地区？主要种植哪些农作物？寻找小流域、梯田、沟谷、淤地坝、鱼鳞坑等事物。下车观察黄土高原上主要的树种为（　　　　　），寻找北京没有的植物 。

②观察窑洞的形态、黄土高原上村落的形态及其分布特点和成因。

③观察不同县的植被覆盖情况，完成下表。

植被不同的两个地区	梯田的位置	河流流量和含沙量	作物生长状况（玉米高度）	地表状况（沟谷的多少、深度）	气候差异
植被覆盖率高地区					
植被覆盖率低地区					

④回归课本：简述黄土高原水土流失的原因、危害和治理措施。

⑤观察壶口瀑布的岩石，辨别其类型；观察水流速度对地表的冲刷力；思考峡谷和瀑布的成因。

⑥实验活动：用一个 550 毫升的空矿泉水瓶拴上绳子，取一瓶流速正常处的黄河水，回宾馆静放一夜，第二天早晨测量泥沙的高度。

⑦思考讨论：我们如何为黄土高原的水土流失防治做贡献？

（2）语文。

①走近壶口瀑布的所见所感。

②阅读梁衡的《壶口瀑布》，简述作者在壶口瀑布的所见所感，比较自己与作者的所见所感。

2. 地理游学纪实

离开太原，我们就驱车一路向西，直奔中华民族的象征之一——壶口瀑布。途中，我们横穿黄土高原，看到了典型的黄土地貌——沟壑纵横。来之前，我就听说这两年黄土高原的绿化率不断提高，今天亲眼看见，果然名不虚传：一片片绿油油的景色，很少看到裸露的黄土。这段路程上的学案内容主要是关于黄土高原水土流失的相关知识，我在车上边走边提醒同学们注意观察思考。学生们亲眼看见这一切，对于书上所学的概念和知识有了更深的认识。

这一路上唯一的遗憾就是我们全程都是在高速公路，虽然车速快，车开得稳当，但是高速公路两侧高大的树木隔离带把我们的视线挡住了，好多值得留心的景象，学生还没有来得及看就飞逝而去。中午，我们到了壶口瀑布，周围的黄土高原特征已经不太明显了，基本是山地。大自然的力量真是强大，竟能形成如此巨大的深谷！而黄河水在深谷面前显得那么渺小柔弱。

壶口瀑布景区与12年前我第一次来的时候相比，扩大了不少，附近还修建了壶口瀑布地质博物馆，不过规模很小，不开放。只有门前一排宣传栏详细地介绍了这里的地质地貌成因：除了流水侵蚀，还有地壳的抬升运动，根据瀑布两侧山体的形态可以推出这里有四次大的地壳抬升。关于这一带的地壳运动，如果不是亲自观察，不是有小地质博物馆的介绍，我还真不知道。当时我就现学现卖地把这个知识传授给学生，学生边听边看，深切地理解了内力作用与外力作用是如何共同塑造地貌的。

下午，我们集合去参观期待很久的瀑布。宽阔的河口、高耸的山峰都让我们在走近瀑布的过程中充满了期待。2015年雨水比较大，连河漫滩上都是黄色的水流。小路两侧沉淀的厚厚泥沙，让我对现在黄河水的真实含沙量充满了好奇。那瑰丽雄伟的水流倾倒而下，奔流向前。我站在一个小丘上久久凝视，心中有说不出的感慨。当时，我的脑海中蹦出《黄河大合唱》这首歌，此情此景，唱这首歌再恰当不过了。只是一个人唱太突兀了，也太渺小了。

但真是“心有灵犀”，正要往回走时，听见有学生说真想唱《黄河大合唱》。这立刻激起了我的共鸣，不再犹豫，我立刻召集周围还没有离开的同学和老师，开始组织大合唱。习惯唱流行歌的学生们多已不熟悉革命歌曲了，但不要紧，大家都带着手机，上网一搜索，连词带谱都有了。就这样，我们一起一遍一遍地唱，久久不愿离去。什么是爱国主义教育？此情此景，不用说教，我们的心灵共同接受了一次洗礼。

这时，我马上想到我还有任务——带领学生取黄河水检测含沙量。我赶紧组织学生去河漫滩水流比较湍急的地方取水。同学们取出自制的设备，轮流取水，感受一下亲自动手的乐趣。等到取够了两个矿泉水瓶的水，离集合的时间也不多了，我们抓紧时间往回赶。

图 1　在壶口瀑布

3. 历史游学纪实

离开平遥前往壶口的路途其实已经进入晋南地区。而这一带是中华文明的重要发源地，有众多文化遗址遗迹，比如属于旧石器时代的丁村人遗址和已经迈入文明门槛的陶寺遗址，如洪洞女娲陵、高平炎帝陵、风陵渡风后陵、临汾尧庙尧陵、历山舜王坪、运城舜帝陵、夏县禹王城、垣曲汤王故里、万荣后土祠，还有传说中的舜耕历山、禹凿龙门、嫘祖养蚕西阴村、后稷稼穑稷王山，更有历史时代形成的解州关帝祖庙、紫金山文中子洞、洪洞大槐树等，这些都与我们中华民族、中华文化的起源和延续相联系，是文化瑰宝。所以，山西将晋南旅游定位为“黄河根祖文化游”。然而很可惜，我们的行程太过仓促，其中的许多景点我们只能隔着车窗眺望遥想，不能亲临其境。但在来壶口和即将离开壶口奔向洛阳的路上，一定要提醒同学们：你行走在中华文明的摇篮地带，你的文化命脉根源于此。

为什么是这里？

在黄河中下游地区，同样的黄土堆积，相似的气候物产，在今天看来都是宜居的地方，为什么最早的“中国”形成在晋南地区？这个问题太过复杂，说实在的，我也没有能力回答；但我想给大家介绍一个刚刚看到的观点：因为晋南运城——古称解州，有巨大的盐池。

盐是维持人的生理活动必不可少的物质，随着人类文明的发展，食盐成为生活必需品。然而盐的生产却不像粮食那样随处都有，因此，控制盐的生产和销售就意味着可以获得巨大的财富和支配力。盐池附近的部落自然会发展成担负组织生产、运销盐的社会经济管理职能，以及防范、抵御其他部落觊觎、侵夺食盐资源的国家职能；丰厚的收益，也养活了更多脱离物质生产一线而专门从事精神文化事业的人。总之，控制了盐的部落有更多机会率先跨进文明的门槛。

讲这个问题的主要目的是提醒大家：影响历史进程的因素是极其复杂的，绝不能简单、线性地看问题，要尽可能多地占有资料，开阔视野和思维。

六、龙门石窟

1. 游学手册

1）学习目标

（1）了解龙门石窟开凿的基本历史，进一步认识古代宗教与政治的关系。

（2）通过细致观察，对比龙门石窟与云冈石窟雕塑风格的差别，进一步认识佛教中国化的进程和表现。

（3）对龙门石窟遭受严重破坏的历史、自然原因进行探讨，增强文物保护的意识。

2）基础知识

龙门石窟位于河南省洛阳市城南13公里处的龙门口。当地人约从北魏太和十七年（493年）开始，利用天然洞穴凿龛造像，后来东魏、西魏、北齐、隋、唐诸朝又在东西两山峭壁继续营造，最终形成南北长达1公里的石窟群。其现有编号窟龛2345个，造像10万躯，浮雕石塔70多座，碑刻题记2780品。最大的佛像高达17.14米，最小的仅有2厘米，体现了我国古代劳动人民极高的艺术造诣。窟区还有众多佛寺，现存有清代重建的香山寺。其于1961年被国务院划定为第一批全国重点文物保护单位，2000年被列入《世界遗产名录》。

龙门石窟是北魏、唐代皇家贵族发愿、造像最集中的地方，是皇家意志和行为的体现，具有浓厚的国家宗教色彩。其中，古阳洞集中了北魏迁都洛阳初期的一批皇室贵族和宫廷大臣的造像，典型地反映出北魏王朝举国崇佛的历史情态，还带有犍陀罗佛教美术风格，是中国传统文化与域外文明交汇融合的完美见证。唐代石窟以奉先寺大卢舍那像龛群雕最为著名，这是龙门石窟中雕刻最大、艺术最精湛、气势最磅礴的一组摩崖型群雕。此窟开凿于武则天被立为皇后的永徽六年（655年）之后，完工于上元二年（675年）十二月，费时约21年，开凿期间，则天皇后曾经在咸亨三年将自己的脂粉钱2万贯布施助工。所以，奉先寺佛像深深烙有武则天的印记。奉先寺依据《华严经》雕琢，以雍容大度、气宇非凡的卢舍那佛为中心，用一周极富情态质感的美术群体形象将佛国世界中充满祥和色彩的理想意境表达得淋漓尽致。传说主佛的脸是根据武则天的面容雕琢的，造型丰满，仪表堂皇，眉如新月，双目含情，笑意微露，慈祥外溢，呈明显的中年女性形象。

这组雕像充分体现了唐代强盛的国力和昂扬的精神力量，代表了唐代雕刻艺术的最高成就。

龙门石窟以大量的实物形象和文字资料，从不同侧面反映了中国古代政治、经济、宗教、文化等许多领域的发展变化，为中国石窟艺术的创新与发展做出了重大贡献。

首先，它以自身系统、独到的雕塑艺术语言，揭示了雕塑艺术创作的各种规律和法则。在它之前的石窟艺术均较多地保留了犍陀罗和秣菟罗艺术的成分，而龙门石窟则远承印度石窟艺术、近继云冈石窟风范，与魏晋洛阳和南朝先进深厚的汉族历史文化相融合而开凿，融入了对本民族审美意识和形式的感悟和强烈追求，使石窟艺术呈现出中国化、世俗化的趋势，堪称展现中国石窟艺术变革的里程碑。

其次，它不仅从一个侧面反映了南北朝、隋唐时期皇家对佛教的信仰状况，有助于对我国古代佛教史的研究，还体现出当时劳动者精湛的雕刻工艺和无与伦比的审美观，是一笔丰厚的文化宝藏。同时，龙门石窟的兴衰不仅反映了中国5—10世纪皇室崇佛的盛衰变化，也从某些侧面反映了中国历史上一些政治风云的动向和社会经济态势的发展。

3）知识链接

武则天与佛教

佛教是武则天建立政权、登基为帝的支柱之一。据武则天自己说，她在幼年的时候即皈依了佛教。武则天为皇后时，开始大肆崇奖佛教，诏令佛教僧尼地位高于道教道士。史载初元年（690年）七月，薛怀义等人伪造一部《大云经疏》，宣称武则天是弥勒佛下生，做阎浮提主，唐朝应该灭亡。两个月后，武则天称帝，宣告武周建立。官僚士大夫谄媚武氏，也大讲弥勒转生说。如，李峤撰《宣州大云寺碑》称："慈氏越古金轮圣神皇帝，诸天翼戴，上升于兜率之天；万寓幕思，下降于阎浮之俗！"武则天统治时期，佛教泛滥，狄仁杰曾经批评说："今之伽蓝，制过宫阙，穷奢极侈，画缋尽工""无名之僧，凡有几万；都下检括，已得数千。"

伊阙的形成与传说

《水经注·伊水》云："两山相对，望之若阙，伊水历其间北流，故谓之伊阙矣。"伊阙是拱卫洛阳的东汉八关之一，自古为军事要塞和交通咽喉。

伊阙地貌的基本特征

洛阳龙门位于洛阳市区南5公里处，是洛阳市四大地貌分区之一，称为龙门剥蚀构造基岩丘陵区，面积26平方公里，海拔200~300米，整体上呈南高北低的倾斜地形，龙门山和伊河河谷是区内主要地貌单元，伊河自南而北切穿龙门山，使之分割为东西相望的两个断块山，形成了两山夹一谷的基本地貌景观。

龙门山属秦岭山系余脉熊耳山之分支，抵龙门截然断裂，分为东西两山，伊河自南而北从两山间流过。河之西曰龙门山，古称钟山、天竺山，主峰海拔263.9米；东山名香山，主峰海拔303.5米。在地质构造上，龙门山为单背斜山，倾向为北北西，倾角在25°~30°，北坡缓而长，南坡陡而短，东西山临河山势陡峭，倾角60°~85°；山顶坡度缓，倾角15°左右。龙门山山石大面积裸露，山势陡峭壁立，岩层横裂交错，雄伟壮观。龙门山奠定了龙门地区的基本山态，成为洛阳南大门的天然屏障，并为龙门石窟的开凿提供了场址和物质基础。

本区呈岩溶地貌发育，喀斯特溶洞分布广泛。影响岩溶发育的主要因素为伊河和泉水。伊河是本区最低侵蚀基准面。本区出露的泉水，基本沿伊河两岸呈线状分布，伊河河床亦出露有几处泉眼。沿西山石窟观光石道，由北向南依次分布有禹王池、潜溪寺泉、锣鼓洞、珍珠泉和老龙窝等泉眼，东山河堤出露有香山寺泉、牡丹泉等，总涌水量约130立方米/小时，一年四季水温在24℃~26℃。这些山泉终年长流不息，或生成飞瀑，或形成溪流，或聚为深潭，或喷若飞溅。它们形态各异，不胜游观，引起了历代文人墨客的歌咏称赞。故而大诗人白居易说："洛都四郊，山水之胜，龙门首焉。"

伊阙——天功与人力的杰作

"伊阙"又名"阙塞"。龙门山和香山隔伊河夹岸对峙如门阙，伊水经其间北流，这里古称"伊阙"。两山夹一水，正对洛阳宫，犹如一道天然的门阙和屏障，所以其也被称为"阙塞"。伊阙在国都之南，宛若天然的大门。"龙"是封建君主的象征，故其又叫作"龙门"。总体而言，周秦时代，多称"阙塞"或"伊阙"；西汉以后，则有伊阙和龙门并称；钟山之称实为仅见。隋唐以来，称龙门者居多。但见之于唐诗文中也有"凿龙""禹门"等雅称。

这里背依洛都，面对三涂，左望嵩岳，右眺秦岭，形成了"峥嵘两山门，共挹一水秀"（宋·苏过）的天阙奇观，引发了许多令人惊叹而又神奇的传说故事，其中以"大禹治水""龙门开不开""鲤鱼跳龙门"最为著名。

受生产力发展和科技水平的限制，在解释伊阙形成原因时，古人多沿用神话传说故事。那么伊阙形成的真正原因是什么呢？现代地质调查表明，伊阙是内力作用和外力作用共同形成的结果。龙门山在内力作用下发生整体抬升，形成基本山态，同时流经本区的河流垂直侵蚀岩石较脆弱的地方，长期作用下形成了"V"形峡谷。也就是说，龙门山内纵横交错的溶洞长久被流水冲刷，发生剧烈变化，形成一道峡谷，将山体切割开来。因此，伊阙是在龙门山不断抬升和伊河下切侵蚀作用的长期过程中逐渐形成的，后经大禹、白居易等率众辟凿，方为今伊阙龙门之势。这是天功与人力的杰作。

龙门石窟的选址原因

与莫高窟、云冈石窟类似，龙门石窟在建造时也选择在河流切割山地而成的峡谷崖壁上。这里风光秀丽，山水相连，僻静幽深，加上石质良好，适宜精雕细琢，成为龙门石窟开窟造像的最终选址。具体而言，龙门石窟的建造选址主要受到历史和社会人文因素以及自然环境因素的影响。

在历史和社会人文因素方面，北魏孝文帝迁都洛阳为龙门石窟的开凿带来了最直接的影响。另外，洛阳当时重要的都城地位，以及龙门作为交通要塞、洛阳的南大门等因素，也是在龙门建造石窟的原因。

在自然环境因素方面，龙门一向为洛阳山水胜景之处，历代都有诗词赞誉。这里符合传统"风水"的选址原则，实乃得水藏风之所。这里石质优良，适宜精雕细琢，无论大小造像，皆可栩栩如生；山体内天然溶洞众多，顺其自然，省时省工，诸如古阳洞、莲花洞、火烧洞等均在溶洞基础上开凿而成。另外，龙门与洛阳都城的距离适中，仅10余公里，具有洛阳其他地方不可比拟的优越性。

于是，在伊水两岸的崖壁上，自北魏以至唐宋，大规模开凿达400余年，形成“精舍绕层阿，千龛邻峭壁”“万穴列岩壁，三龛独雄夸”“谁穷造化力，空向两崖看”的奇观。它们与龙门山色相映生辉，成为洛阳最负盛名的风水宝地和城市名片。

4）探究学习

（1）与云冈石窟雕像比较，观察和认识龙门石窟所反映的佛教进一步汉化的表现。

（2）通过调查访问，探究龙门石窟大量雕像被破坏的原因有哪些？

（3）佛教汉化反映出文化传播发展过程中的哪些特点？其中蕴含什么启示？

（4）运用所学的景区规划等知识来观察和评判龙门景区的整体规划。

2. 地理游学纪实

中国四大石窟，我们这次游学有幸参观其中的两个，从美学上对比两大石窟的差异，从历史上感受两个时代的沧桑，从地理上理解诸多现象的由来。

进入龙门石窟景区，历史老师讲龙门又名“伊阙”。于是，马上就有同学问什么是“伊阙”。伊阙的意思是两山对峙，伊水中流，如天然门阙，故曰伊阙。自春秋战国以来，这里就有这样一个形象化的称谓。隋炀帝都洛阳，因皇宫大门正对伊阙，古代帝王又以真龙天子自居，因此得名“龙门”，“龙门”之名随即沿用至今。

这样奇特的自然现象，自然有其地理成因。于是，我趁机问道：“有一条水从山中穿过，这是大自然界的什么力量？”“流水侵蚀！”有同学脱口而出。对，就是流水，也就是伊河把本来好好的一座山切割成了两座，这就是日积月累、水滴石穿的作用啊。大自然的力量真是让人敬畏，又让我们感受到积少成多的威力，其实我们的学习过程不也是这样的道理吗？

在游学中，老师总是能及时抓住机会，在给学生传授知识的同时进行思想渗透，这样的教育方式真有点浑然天成、不露痕迹的意思，使学生自然而然地得到启迪。

我们攀爬到石窟上，近距离地观看石窟，在同学们登高前，我就已经给他们布置了任务：认真观察龙门石窟的岩石类型，思考这与龙门石窟的美学特征和维护有什么关系。

龙门石窟开凿于峡谷两岸寒武系灰岩、白云岩形成的崖壁上，石窟区所在的碳酸盐岩体岩石矿物成分较为单一，力学强度大，适宜精雕细琢，洞窟开凿后具有良好的稳定性。在这样的岩石上雕刻的石像形象细腻、生动，被风化后不会大块剥落，更有利于佛像经历岁月后的美学价值。

虽然石灰岩比较稳定，但是我们仍然看到其风化得非常厉害，很多雕塑的纹路已经模糊不清了。石灰岩的主要成分是碳酸钙，这样的岩石最怕自然界的侵蚀，看到这儿，马上有同学想到“酸雨”。最近 20 年，由于我国城市工业化和城市化的发展，煤炭的燃烧不断加大，导致煤烟的排放量与日俱增。煤烟中有一种重要的酸性气体——二氧化硫，所以，最近这些年，对于龙门石窟的保护，遇到的最大障碍之一就是酸雨对石窟的破坏。想想洛阳周围的主要产业，居然有煤炭，这进一步加重了酸雨的危害。

龙门石窟的破坏原因，除了自然的风化、侵蚀，更有人为的踩踏、抚摸，还有人在石窟内呼出的二氧化碳等酸性气体，加之洛阳地区夏季气候比较暖湿，这些都会对石灰岩造成严重的腐蚀。对待这些珍贵的旅游资源，该如何平衡开发与保护之间的关系是摆在当代人面前的一个现实问题。我把这些问题都给学生引出来，引起他们对“可持续发展”的思考，启示他们树立科学的发展观。

3. 历史游学纪实

佛教诞生于古印度，大约在公元前后传到我国新疆地区，随即在东汉时期正式传入中原地区。其作为一种异质文化能够在中国传统文化的土壤中扎根立足，并茁壮成长为中国传统文化的一个重要分支，固然与中国文化的包容、开放有关，但佛教主动适应中国文化而进行自

图 1　古印度犍陀罗佛像艺术

身调整应该是最重要的原因。我们对佛教教义知之甚少，对佛教美术也没有系统的了解，但对于佛教艺术逐步中国化的历程，我们可以借助图片领略一二。

佛家本来不崇拜偶像，受到亚历山大大帝东征带来的希腊文明的影响后才开始雕塑佛的形象，出现犍陀罗艺术。其人物容貌、服饰都带有希腊风格。

云冈石窟直接承袭凉州、西域的雕塑风格，希腊、印度色彩强烈。云冈石窟第 10 窟中建筑的立柱显然是希腊建筑中的爱奥尼克式柱头，包括云冈最著名的第 20 窟大佛，也还有模仿健陀罗艺术的痕迹。

图 2　云冈石窟第 10 窟

图 3　云冈石窟第 20 窟大佛

图 4　云冈石窟后期佛像

但是，云冈石窟，特别是后期作品已经开始显示本土化风格。有的佛像慈眉善目，嘴角微翘，显示出宽容世间一切的大度和普度众生的亲和力。其与第 20 窟大佛相比，更有中国特色，更有人间烟火味，也更有艺术价值。

龙门石窟前期北魏与后期隋唐的雕塑也有较大差异。龙门石窟的宾阳洞佛像较瘦长，仍属于北魏风格。著名的奉先寺大佛，雕琢于武则天时代，则已经完全中国化了，美丽得摄人心魄。

而且，佛教的中国化不只是佛教艺术的中国化，隋唐时期，佛教与道教、儒学相互借鉴、相互融合的趋势更加明显，所以，我们教材上说，隋朝有人提出“三教合一”“三教合归于儒”的主张，而唐朝统治者奉行“三教并行”的政策，因而，佛教取得了很高的政治和社会地位。之所以如此，这与佛教的中国化不无关系。隋唐时期佛教中国化的表现有：中国人编写的“疑伪经”大量涌现，中国特色的佛教派别形成，等等。

通过这一简单了解，我们进一步认识到：文化的繁荣离不开文化交流，只有博采众长才能推动自身文化的创新；这种创新不可能脱离本民族文化的传统影响，而只能是在继承和发扬民族文化精髓的基础上借鉴外来文化的优秀成分；对历史悠久、文明发达的中国而言，外来文化最终要与本民族文化相融合，形成被世界广泛认可的文化成果。今天的我们要以宽广的视野和谦虚的态度对待外来文化，取其精华，弃其糟粕，既不能妄自尊大，对自己的文化传统抱残守缺，更不能崇洋媚外，弃中华传统文化如敝屣；对祖国传统文明更要有一颗虔敬心，对国家现代文明要有一颗自豪心。

图 5　龙门石窟宾阳洞佛像

图 6　奉先寺大佛

※　　※　　※

参观龙门石窟，若不了解一下“龙门二十品”，那就真是“宝山空回”了。所以，我们在龙门也斗胆谈谈龙门二十品。

古人在雕塑佛像的时候，往往把自己造像的祈愿或个人的情况刻写在造像底座或者旁边的墙壁空余处，统称为造像记。这是极具中国文化特色的佛教信仰行为。习惯上，造像题记及其拓片以“品”为单位。龙门造像题记有 3600 多品，是研究我国古代书法艺术的珍贵实物资料，其中北魏占近千品。近代著名学者康有为在其学术著作《广艺舟双楫》中，从北魏时期的造像题记中选出尤其精美的20品，称为“龙门二十品”。从此，这成为学习魏碑书体的法帖典范。

“龙门二十品”中的19品都在古阳洞中（另外一品在慈香窑内），既有亲王贵族、高级文官武将，也有低级官僚和普通百姓、僧尼的造像题记。

图7　龙门书法

整体上说，魏碑字形端正大方，气势刚健质朴，既保留了隶书的风韵，又孕育着楷书的因素。随着南北朝的统一，其逐渐演变为隋唐时期的楷书，所以在我国书法史上占有重要的地位。龙门二十品集中代表了北魏书法艺术独特的风格，它继承了汉隶笔法，又有向唐宋书体演进的痕迹，整体上富有法体谨严、笔姿厚重、沉稳刚毅、稳健挺拔的特点。康有为称赞其有“十美”：魄力雄健、气象浑穆、笔法跳跃、点画峻厚、意态奇异、精神肥劲、兴趣憨足、骨法洞达、结构天成、血肉丰美。

我们教材上讲魏晋南北朝时期的书法艺术，称其进入自觉状态，所举例证如王羲之，其实都是就东晋南朝书法系统而言的。与南朝士族文人自觉追求、创造书法艺术之美不同，魏碑多为民间工匠刻写，谈不上自觉，但质朴刚劲，浑然天成；与南朝书法纤巧秀丽、洒脱流畅的风格不同，魏碑更具有粗犷豪放、大气磅礴的气势。联想到我们在课堂上曾经引述过的南北朝民歌的不同风格，大家应该能够进一步体会到在国家大分裂时代，南北朝发展出的不同文化风格。而北方书法和诗歌的阔达豪放，正是鲜卑等民族与汉族文化融合、给中原文化注入新鲜血液的结果。

刻写造像记的北朝无名工匠们在追求书法艺术美的道路上可能还谈不上自觉，但他们不自觉地承担起了中国古代书体书法演变的历史使命。魏碑体的出现和演变本身就是汉字书体书法的一个重要过渡阶段。这又验证了我们课堂上的另一个结论：魏晋南北朝时期文化的特点之一就是过渡性。

我们还曾经提到，隋朝统一全国，南北朝结束，在政治上是北朝统一了南朝，而在文化上是南朝统一了北朝。剽悍质朴的北朝代北武将、关陇集团，以及隋唐两代的君主和官僚狂热地喜爱更细腻、更富丽的南朝艺术，更高雅、更华美的南朝文学和更思辨、更深刻的南朝哲学。比如，唐初书法大家欧阳询、虞世南、褚遂良、薛稷皆宗南朝书法，讲求清丽、婉美、俊逸、纤瘦；而唐太宗狂热喜爱王羲之的书法，不惜以帝王之尊行诈骗偷窃之事，令萧翼撰兰亭集序。也就是说，魏碑体在隋唐因不能登大雅之堂而被埋没。那么又是在什么情况下，魏碑体重新为人所识而大放光彩的呢？

图 8　探讨龙门二十品

这还得说起康有为。

明清时期，中国日趋僵化、封闭、保守，表现在政治、经济、思想、文化、外交等多个领域，特别是在专制高压统治下，主流思想文化陈陈相因、万马齐喑，包括仅具实用和审美功能的书法也主要临摹前代法帖，不敢越雷池一步，讲求雍容平和、中规中矩，日益丧失生机活力。直到鸦片战争后中国遭遇了 3000 年未有之变局，各方面遭到西方政治经济文化势力的冲击而不得不产生变革，特别是甲午战争对中国人尤其是爱国知识分子而言，创痛巨深，乃发愤图强，倡言维新，其杰出代表就有康有为。他发动戊戌变法的故事大家都很清楚。这里需要补充的是，戊戌维新不仅仅是在政治层面图谋改良清朝专制统治，同时在文化教育领域也力倡革新。如，康有为为了宣传变法而张扬儒家今文经学，一反尊奉古文经学的传统；戊戌变法期间，任湖南按察使的黄遵宪很早就提出诗歌创作要以“吾手写吾口”，掀起了“诗界革命”，得到了梁启超、谭嗣同、夏曾佑等人的响应；变法失败后，梁启超又掀起过“小说界革命”“史学革命”，都给当时的思想文化界带来了新鲜有力的影响。而在此过程中，康有为还大力推扬魏碑，引领书法回归到质朴刚健的道路上，在书法学领域掀起一种反传统风气，是清末时代大变革的一个组成部分。

一个时代有一个时代的精神、一个时代的美学，康有为几乎以一人之力，把受到千年冷落和漠视的魏碑书体重新发扬光大，给近代书法带来峥嵘气象，值得我们尊敬和效法。今天我们要弘扬传统文化，必须有开放的视野、博大的胸怀，对古代文化要通盘检视，发掘更多有生命力的传统文化精华，不要人云亦云、萧规曹随，以防止在传承传统文化上路子越走越窄。

七、白园

1. 游学手册

1）学习目标

（1）通过参观白园，进一步了解白居易。

（2）回顾、背诵白居易的重要诗文，品味并赏析其中的重要字、句(段)。

（3）了解白居易对文坛的重要贡献，由衷敬佩其人。

2）基础知识

白园，位于洛阳龙门石窟风景名胜区东山的琵琶峰上，是唐代大诗人白居易的墓园。此园占地44亩，依山而建，峰翠水碧，秀丽古雅。园内建有青谷区、乐天堂、道时书屋、诗廊、听伊亭、白亭、墓体区、翠樾亭等仿唐建筑，古朴典雅，曲径通幽，诗歌与书法点缀其间，文化内涵丰富。

图 1　白园读白诗

3）知识链接：白居易在文学史上的地位和影响❶

在群星璀璨的唐代诗坛，白居易是仅次于李白、杜甫的伟大诗人。他的文学理论主张和创作实践对当时及后世都产生巨大影响。

元和十年，白居易 44 岁，自述“自长安抵江西，三四千里，凡乡校、佛寺、逆旅、行舟之中，往往有题仆诗者；士庶、僧徒、孀妇、处女之口，每每有咏仆诗者”，已经获得了极高的声誉。10 年后的长庆四年，元稹记载：“二十年间，禁省、观寺、邮候墙壁之上无不书，王公妾妇、牛童马走之口无不道。至于缮写模勒，衒卖于市井，或持之以交酒茗者，处处皆是。……鸡林贾人求市迫切。自云：本国宰相每以百金换一篇。其甚伪者，宰相辄能辨别之。自篇章以来，未有如是流传之广者。”唐笔记《酉阳杂俎》中记载，有一个人浑身上下文身以白居易诗歌，而且配有“插图”，被人称为“白舍人行诗图”，可见其喜欢白诗达到了狂热程度。所以，清代诗人赵翼说：“古来诗人，及身得名，未有如是之速且广者。”其原因如下。

第一，白诗题材广泛，众体兼擅，抒情性与叙事性强，故能适应社会各

---

❶ 蹇长春．白居易评传［M］．南京：南京大学出版社，2002：529-540.

阶层的审美需要，收到了雅俗共赏的效果。唐末诗人张为称其为“广大教化主”。他以清新、自然、平易的诗风，以及关心民瘼的进步思想开创了一个诗歌的新时代，标志着唐诗已经从局阵严整、气象雄浑、格调高古的盛唐风貌，完成了向“不事雕饰，直写性情”的中唐诗风转变，宣示了从“唐音”到“宋调”的滥觞，对宋代诗歌影响巨大。

白诗叙事详明，把叙事与抒情完美结合起来，把我国向来不发达的叙事诗推向了一个新的水平。这一特点的出现，并非偶然的、孤立的现象。就其历史背景而言，它同适应都市经济的发展和繁荣、市民阶层文化消费需要的高涨以及追求情节离奇、描写细腻、感官刺激的审美情趣而兴起的传奇小说有着密切的关联。

第二，以《秦中吟》《新乐府》为代表的讽喻诗，具有“代匹夫匹妇立言”的鲜明民本主义倾向，受到最广大下层人民的喜爱是不言而喻的。

第三，白居易刻意追求的平易通俗诗风，把诗歌从廊庙台阁引向市井和社会底层，从而拉近了作为文人士大夫专利的诗歌同民众之间的距离。

白居易与“香山九老会”❶

中国古代真正意义上的文人社团出现在唐代，以中唐诗人白居易晚年所结“香山九老会”为代表。唐宪宗元和十年（815 年）之前的白居易，秉承“兼济天下”的儒家政治理想，指陈时弊，反对腐朽势力，创作上非常活跃，提倡“文章合为时而著，歌诗合为事而作”，创作了大量的讽喻诗，做到了“惟歌生民病”“句句必尽规”，可称诗史。而元和十年白居易遭受沉重打击，被贬到江州后，转向“独善其身”，奉行“吏隐”，与僧道交游，创作了大量的感伤诗、闲适诗。在生命的最后 18 年，白居易以太子宾客分司东都洛阳的闲散官职身份，徜徉龙门香山，修缮香山寺，结“香山九老会”，诗文唱和，度过余生。唐武宗会昌五年（845 年），白居易在洛阳履道坊家中组织了两次著名的聚会，东道主白居易年龄最小，但也已经 74 岁，与会者平均年龄近九旬。白居易结九老会，主要目的为逃避党祸，静思谈禅，酌酒赋诗，独善其身以终天年。凭借白居易的盛名，九老会不仅在当时吸引了闲居洛阳的政坛失意者参加，还创作了大量诗歌，对后代文人学士、达官贵人也产生了重大影响，甚至形成了“怡老”文化传统。如宋代文彦博组织了“洛阳耆英

---

❶ 姚利芳. 拂衣起谢人间事——白居易与香山九老会［J］百家讲坛，2013（3）.

会”，明代亦有“花山九老会”，乾隆皇帝也组织过北京的“香山九老会”；“香山九老会”也成为很多传统画家喜爱的题材，如宋代刘松年、明代周臣都有创作《香山九老图》等。

4）探究学习

（1）白居易生平：如何看待白居易的新乐府？如何看待白居易和杜甫的忧民诗？

（2）请结合课堂所学及白园所见所得，写一段白居易的简介（包括基本情况、重要经历、主要贡献等）。

如：白居易，字（　　　　），晚年号（　　　　　），是中唐(　　　　　）运动的主要倡导者，主张“文章合为时而著，歌诗合为事而作”，具有强烈的现实批判性。

（3）回顾、背诵白居易的重要诗文。

《五绝·南浦别》

南浦凄凄别，西风袅袅秋。一看肠一断，好去莫回头。

《七绝·大林寺桃花》

人间四月芳菲尽，山寺桃花始盛开。长恨春归无觅处，不知转入此中来。

《七绝·暮江吟》

一道残阳铺水中，半江瑟瑟半江红。可怜九月初三夜，露似珍珠月似弓。

《七绝·邯郸冬至夜思家》

邯郸驿里逢冬至，抱膝灯前影伴身。想得家中夜深坐，还应说着远行人。

《五律·赋得古原草送别》

离离原上草，一岁一枯荣。野火烧不尽，春风吹又生。远芳侵古道，晴翠接荒城。又送王孙去，萋萋满别情。

《七律·钱塘湖春行》

孤山寺北贾亭西，水面初平云脚低。几处早莺争暖树，谁家新燕啄春泥。
乱花渐欲迷人眼，浅草才能没马蹄。最爱湖东行不足，绿杨阴里白沙堤。

《词·忆江南》

江南好，风景旧曾谙；日出江花红胜火，春来江水绿如蓝。能不忆江南？

《乐府·琵琶行》

浔阳江头夜送客，枫叶荻花秋瑟瑟。主人下马客在船，举酒欲饮无管弦。醉不成欢惨将别，别时茫茫江浸月。忽闻水上琵琶声，主人忘归客不发。寻声暗问弹者谁，琵琶声停欲语迟。移船相近邀相见，添酒回灯重开宴。千呼万唤始出来，犹抱琵琶半遮面。转轴拨弦三两声，未成曲调先有情。弦弦掩抑声声思，似诉平生不得志。低眉信手续续弹，说尽心中无限事。轻拢慢捻抹复挑，初为霓裳后六幺。大弦嘈嘈如急雨，小弦切切如私语。嘈嘈切切错杂弹，大珠小珠落玉盘。间关莺语花底滑，幽咽泉流冰下难。冰泉冷涩弦凝绝，凝绝不通声暂歇。别有幽愁暗恨生，此时无声胜有声。银瓶乍破水浆迸，铁骑突出刀枪鸣。曲终收拨当心画，四弦一声如裂帛。东船西舫悄无言，唯见江心秋月白。沉吟放拨插弦中，整顿衣裳起敛容。自言本是京城女，家在虾蟆陵下住。十三学得琵琶成，名属教坊第一部。曲罢常教善才服，妆成每被秋娘妒。五陵年少争缠头，一曲红绡不知数。钿头云篦击节碎，血色罗裙翻酒污。今年欢笑复明年，秋月春风等闲度。弟走从军阿姨死，暮去朝来颜色故。门前冷落车马稀，老大嫁作商人妇。商人重利轻别离，前月浮梁买茶去。去来江口守空船，绕船明月江水寒。夜深忽梦少年事，梦啼妆泪红阑干。我闻琵琶已叹息，又闻此语重唧唧。同是天涯沦落人，相逢何必曾相识。我从去年辞帝京，谪居卧病浔阳城。浔阳地僻无音乐，终岁不闻丝竹声。住近湓江地低湿，黄芦苦竹绕宅生。其间旦暮闻何物，杜鹃啼血猿哀鸣。春江花朝秋月夜，往往取酒还独倾。岂无山歌与村笛，呕哑嘲哳难为听。今夜闻君琵琶语，如听仙乐耳暂明。莫辞更坐弹一曲，为君翻作琵琶行。感我此言良久立，却坐促弦弦转急。凄凄不似向前声，满座重闻皆掩泣。座中泣下谁最多，江州司马青衫湿。

《乐府·卖炭翁》

卖炭翁，伐薪烧炭南山中。满面尘灰烟火色，两鬓苍苍十指黑。
卖炭得钱何所营？身上衣裳口中食。可怜身上衣正单，心忧炭贱愿天寒。
夜来城外一尺雪，晓驾炭车辗冰辙。牛困人饥日已高，市南门外泥中歇。
翩翩两骑来是谁？黄衣使者白衫儿。手把文书口称敕，回车叱牛牵向北。
一车炭，千余斤，官使驱将惜不得。半匹红纱一丈绫，系向牛头充炭直。

（4）品味及赏析。

①《暮江吟》中“一道残阳铺水中”的“铺”字用得妙，请赏析。

②《邯郸冬至夜思家》中赏析“想得家中夜深坐，还应说着远行人”。

③《忆江南》中赏析“日出江花红胜火，春来江水绿如蓝”。

④《琵琶行》中赏析描写音乐的一段文字（“大弦嘈嘈如急雨”到“唯见江心秋月白”）。

2. 历史游学纪实

同学们在白园品读白诗，应当“别有一番滋味”吧。让我们在白居易墓前深深地三鞠躬，谈不上凭吊，只能说感谢大诗人。

图2　凭吊白乐天

一鞠躬，感谢白居易晚年精心经营龙门、香山，并长眠于此，让自己成为一道永恒的风景，一道浸润着文化气息的永恒风景，给后人留下了这一片山光水色、寺宇雕塑，留下一个娱乐休闲的好去处，留下一块感受文化的净土。

再鞠躬，感谢白居易创作了那么多优美的诗篇流传至今，让我们从小不只是遭受“语言暴力”，还能感觉到母语的优美，让我们在读起它们的时候齿颊生香，让我们在“功利性”写作表达的时候时不时引用一两句给全篇增光添彩，让我们在不经意地想起其中一两句脍炙人口的诗句时感受到一点点心灵的共鸣而禁不住微笑一下。有白诗，你也许不会觉着文化的精妙与生活的美好；但如果白诗突然消失了，你一定会觉得语言干瘪无味、文学味同嚼蜡、居家生活平庸无聊、出门看景黯淡无奇。

三鞠躬，感谢白居易创作了那么多感时忧民的现实主义诗歌，让我们了解精英史学可能无暇顾及的平民世界，让我们感知他们的艰辛与苦难，让我们理解中华民族悠久的历史其实不只是君王的荣耀与帝国的强盛，还有更大、更多的空间是由平民生活构成的。杜甫的诗歌被称为“诗史”，而白居易的诗又何尝不是呢？只是杜甫的诗如正史，而白居易的诗如杂史。感谢白居易的讽喻诗，让我们懂得关爱他人、关心社会，让我们体会到什么是儒家“民胞物与”的仁爱精神，让我们认识到有一颗仁爱的心比有一支华彩的笔更能让诗人流芳百世。

墓旁的一座石碑是日本中国文化显彰会所立，上面用中日两国文字镌刻的那句话——“伟大的诗人白居易先生，您是日本文化的恩人，您是日本举国敬仰的文学家”，怎能不让我们汗颜？怎能不催我们以继承祖国优秀传统文化为己任？

※　　　　※　　　　※

白居易诗歌的最大特点是明白晓畅，通俗易懂。甚至传说白居易写诗后会先读给不识字的老妇人听，如果她们听不懂就修改，直到她们能听懂才肯罢休。可惜这次的行程语文老师因故不能同行，我们不能听专业人士解读白诗的艺术美，只是斗胆想从历史的角度分析一下：为什么会出现白居易的通俗诗歌创作？这仅仅是个人的喜好吗？

先联系我们的教材可知，唐代出现了一种新的文学体裁——传奇。传奇与魏晋时期的志怪小说一脉相承，在唐代前期也有创作，也已经开始摆脱单纯谈神论怪而开始描写市井风情，但唐传奇真正繁荣是在唐代中期以后，也就是白居易生活的时代前后。例如，大家都知道白居易著名的诗篇《长恨歌》，殊不知，白居易创作这首诗的动因是与朋友论及玄宗史实，相约以不同形式描摹明皇贵妃的这段“爱情”，于是白居易写了《长恨歌》，而他的朋友陈鸿写了传奇《长恨歌传》；又如，白居易的弟弟白行简撰写了著名的传奇《李娃传》等。

教材上也提到，词这种文学形式其实在唐代就已经出现。同学们可能读到过据说是李白的词——“平林漠漠烟如织”“云想衣裳花想容”等，会感觉到写得很美，水平很高。然而实际上，现在文史学家们多认为这是伪托李白的作品，因为在李白生活的时代，词这种文学形式还没有成熟到这个地步。从敦煌石窟中发现的敦煌曲子词才应该是词兴起于民间阶段应有的状态，更带有普通群众喜闻乐见的新音乐文学形式。

又如，大家学习宋明理学和政治课上学习哲学的时候，老师都曾介绍过唐代禅宗分为南北两支，六祖慧能——就是那个口号偈语为“菩提本无树，明镜亦非台，本来无一物，何处惹尘埃”的大和尚所开创的新禅宗日益普及于大江南北。

所有这些文化现象几乎都是从唐代中期以后兴盛起来的。而其共同的社会经济基础就是：唐代中期以后，商品经济日趋活跃，市民阶层队伍壮大，他们的文化需求推动着文化创作的改变。同时，魏晋南北朝时期形成的世族门阀统治及其造成的贵族—庶族对立的社会形态在隋唐时代，在政治上失去了垄断特权，在文化上因受到已经运作 200 年的科举考试的冲击也丧失了垄断地位，在社会生活中也逐渐丧失了令人艳羡的光环，“婚姻不问阀阅”的社会风气正在形成。总之，唐代中期已是贵族社会向平民社会的转型时期，是贵族文化向平民文化转变的过渡时期。

而白居易正是自觉投入这场文化变革中的佼佼者。其因自觉顺应了时代需求，所以能受到普遍欢迎，得到历史上应有的定位。

八、洛阳博物馆

1. 游学手册

1）学习目标

（1）通过游览洛阳博物馆，系统了解洛阳城历史，并将其放在中国历史、中国著名古都的历史大背景下来思考，获得“见微知著”的历史感觉。

（2）通过游览中撷取重要、关键信息的训练，培养去粗取精的材料收集、利用能力，以及抓住、解决主要矛盾的思维方式。

2）基础知识

洛阳博物馆始建于 1958 年 5 月，原址位于河南省洛阳市南关林区，展示文物珍品近千件。其在展品方面重点突出了 5 万年前的大象化石、新石器时代的彩陶器、夏商周时期的青铜礼器、汉魏时期的彩绘陶器及百戏俑、隋唐

图 1　洛阳博物馆门前

时期的彩绘乐舞俑和釉色鲜艳、形态各异的唐三彩等。其中，夏代的青铜爵、战国时期的错金银铜鼎、北魏时期的陶塑、唐代的三彩灯和三彩马堪称国之瑰宝。同时，其结合运用多种现代表现手法，赋予展品新的生命力，使展览具有雄浑大方、精巧典雅的气势和风格，再现了千年古都特殊的历史地位，并因此荣获了国家文物局“1999 年度全国十大陈列展览精品奖”。

3）知识链接

河洛文化与华夏文化起源❶

河洛文化是指产生在河洛地区的区域性文化，是中华民族主流文化之一。河洛文化以洛阳盆地为中心，西至潼关、华阴，东至荥阳、开封，南至汝颍，北跨黄河至晋南、济源一带，大致包括北纬 34°～35°、东经 110°～114° 的地区，概言之就是今天河南省的西部地区。河洛地区南为外方山、伏牛山山脉，北为黄河，西为秦岭与关中平原，东为豫东大平原，北通幽燕，南达江淮，在古代雄踞于中原，为“天下之中”（《史记·周本记》），即所谓“中国”（西周何尊铭文），是古代中国东西和南北的交通中枢，地理位置十分优越。

❶ 徐正英．论河洛文化的根源性特征［J］．河南社会科学，2010（6）：138-142.

我们现在通常所说的中华民族文化，是在当今中国版图范围之内，以汉民族为主体的多民族共同创造的文化。大量考古资料和古代文献记载说明，华夏文化是汉文化、中华民族文化的母体文化。华夏文化主要源自中国古代早期国家夏商文化及其更为久远的河南龙山文化，多年来的考古发现与研究已经证实，河南龙山文化是夏文化形成的直接源头。河洛地区是河南龙山文化的重要分布地区，就这点而言，河洛地区可以说是夏文化、华夏文化的发源地及其形成、发展的核心地区，也可以说其是后汉文化、中华民族文化的发源地。

20 世纪初，河南安阳殷墟出土了大量甲骨，以王国维为代表的一批学者通过艰辛努力，释读了甲骨文，利用地下出土文物与古代历史文献相结合的“二重证据法”，证明了殷墟确实属于商代晚期都城，证实了司马迁《史记·殷本纪》中关于商一代的历史基本可信。

20 世纪 50 年代，河南省考古工作者在郑州市发现了属于商代早期的二里岗遗址。这是一座商代早期大型城址，其中有规模巨大的城墙、数量众多的宫殿建筑遗址，有重要的手工业作坊遗址，还有一些“重器”——大型青铜礼器的出土。这就说明该遗址不是一般的大型城址，而应该是商代早期都城遗址之一。20 世纪 80 年代初，在偃师县城和塔庄一带发现了一座保存较好的商代早期城址。此后，考古发现了这座城址的宫城遗址及其中多座宫殿建筑遗址，勘探了“小城”和“大城”城墙与范围，发掘了城门遗址、库房遗址和一些手工业遗址，清理了同时期的若干墓葬。通过对这些丰富考古资料的深入、全面、系统的考古学研究，证明偃师商城遗址与郑州商城遗址同样是一座商代早期的都城遗址，而且偃师商城还是目前我们所知道的保存着宫城与郭城时代最早的中国古代都城遗址。郑州商城和偃师商城的考古发现与研究，从考古学上解决了早期商代王朝的存在问题，从而使安阳殷墟的商代晚期文明在河洛地区找到源头。

20 世纪 50 年代末 60 年代初，考古学家在河南偃师二里头村找到了早于安阳殷墟商代遗址、晚于河南龙山文化的大型建筑遗址。研究表明，这是目前所知时代最早的中国古代宫殿建筑遗址。除此之外，二里头遗址还发现了围绕这一大型夯土建筑群遗址的围墙遗迹，初步研究确认这是宫殿建筑群周围的宫城遗迹。在二里头遗址范围之内，还发现了制铜手工业作坊遗址、贵族墓葬、重要的青铜礼器和玉器等遗物。上述一系列考古发现证实，晚于河南龙山文化的二里头遗址，不仅早于安阳殷墟遗址，也早于郑州商城遗址和偃师商城遗址。据此，学术界一般认为以二里头遗址命名的“二里头文化”就是“夏文化”。二里头遗址不仅是一处重要的、典型的“二里头文化”遗址，还是一座夏王朝的都城遗址，即历史文献所说的“夏墟”。偃师二里头遗址的考古发现与研究，不仅确定了夏代后期的都城遗址，而且使河洛地区在中国古代文明起源、形成与早期发展中的历史地位更为突出。

河洛地区的夏商王国是中国古代历史上的早期王国。在同时期的当今中国范围之内，各地没有比夏商王国对以后中国古代历史发展影响更大、更为重要的王国。寻找直接产生夏商王国文明的考古学文化，是实施中国古代文明“探源工程”的关键。田野考古揭示，河洛地区的河南龙山文化就是夏文化的母体文化。

在近年来学术界关于中国古代文明起源与形成的研究中，由于辽西红山文化、江浙等地良渚文化的考古新发现，一种中国古代文明起源、形成的多地区、“多元”学说比较流行，而河洛地区在中国古代文明起源、形成中的关键性作用却被忽视。我们认为，考古学文化与古代文明在学术概念上不是等同的，不能因各地考古学文化的不同就推导出古代文明起源与形成的“多元”。有的考古学文化的发展反映出从史前向“文明”的过渡，甚至从中还能看到文明的形成、国家的出现，但大多数考古学文化则是伴随着社会历史的“文明化”进程发展，被先进的考古学文化“同化”“融化”，也有极少数考古学文化的发展趋于“石化”，近代的民族学资料可以提供这方面的许多生动例证。中国古代文明起源、形成的历史道路，也基本上遵循着上述历史发展过程。近年来，还有一些学者提出，在中国古代历史的“文明化”过程中，在不同地区的不同考古学文化社会群体，基本在相同时期或稍有先后进入“文明”时代，形成“万邦”“万国”的局面；但是，这些“万邦”“万国”是否即真正具有科学意义上的、数以“万”计的“国家”，还是个需要进一步研究的重大学术课题。作为科学常识而言，这些“万邦”“万国”对以夏商王国为代表的华夏文明的影响不可能是等同的，进而言之，即使当时的“万邦”“万国”文化对河洛地区的夏文化产生影响，形成于河洛地区的夏文化及华夏文明也不可能是河洛地区以外的文明所造就的。这是因为近年来不断发现的考古新资料说明，夏文化产生于河洛地区的河南龙山文化，也就是说，夏文化基本上是河洛地区土生土长的考古学文化。我们承认红山文化、良渚文化都对同时期及其后的中原地区、河洛地区考古学文化的发展产生过程度不同的影响，但是，河洛地区古代文明的形成与早期发展的源头只能是河洛地区的河南龙山文化，而不是红山文化或良渚文化，更不是中原地区以外的其他考古学文化。因此，我们以为，从探索中国古代文明形成的源头来说，夏文化直接渊源于河洛地区的河南龙山文化；就夏王朝以后的中国古代历史发展而言，河洛地区的河南龙山文化、夏文化是孕育华夏文明、中华民族文化、汉文化的核心文化。

4）探究学习

（1）请在洛阳博物馆为下列书本知识寻找文物证据。

①夏朝建立政权的证据？

②原始瓷器？其与陶器的区别？

③青铜时代：什么是青铜？典型器物？历史价值？

④汉代太学：如何统一教材版本？

⑤北魏民族融合：例证？有何影响？请举例说明。

⑥唐三彩：有哪些颜色？器形和人物形象有何特点？反映了什么时代特点？

⑦丝绸之路：时间起点？空间起点？古代影响？现实意义？

⑧五大官窑：时代、名称、特色分别是什么？

（2）宋代以后洛阳的地位如何？新中国成立后，洛阳工业布局重点是什么？洛阳今后发展的主要方向应该是什么？

2. 历史游学纪实

司马光曾经在《过洛阳故城》诗中一发浩叹：“若问古今兴废事，请君只看洛阳城。”这是由大史学家融汇胸中的一部兴衰史而得。我们缺少司马光的史学修养，对洛阳的了解几乎限于导游告诉我们的两句话——“十三朝古都”和“洛阳牡丹甲天下”，本来没有资格谈论洛阳史。但我们比司马光幸运，我们有一部物化的洛阳史——洛阳博物馆。

洛阳博物馆中的文物也许不是全国最多的，也许不是全国最精美的，但它们从重见天日的那一天起，就向世人诉说着洛阳的过去。

透过唯一的绿松石铜牌饰，我们依稀看到了那个神秘的夏王朝；那一座座青铜鼎，将我们带回到了青铜时代；一组组战国编钟、一把吴王夫差剑，让我们感受到春秋战国之风骨；隋唐的奢华器物更是在我们眼前重现了那时的盛世气象。

这里是中华文明的摇篮。有学者称洛阳是儒学的奠基地，是佛教的首传地，是道教的兴起地，是玄学的滥觞地，是理学的发源地。洛阳撑起了传统精神文化的骨干和主轴。

这里是中原的中心重镇，历来是兵家必争之地。在这片土地上，无数将士血染沙场，染红了伊河的河水；董卓的一把大火，吞噬了洛河上的残阳。在这片土地上，依旧是建安风骨、汉魏文章、唐宋诗词。即使当年高耸的城墙成为遗址，富丽堂皇的宫殿化为了灰烬，但陈列在展厅的一件件文物，依旧向人们讲述着洛阳曾经的辉煌、曾经的沧桑，引领人们追寻魏晋的潇洒风度，追寻隋唐的盛世辉煌。

蜻蜓点水似地走过一遍，现在我们也可以说："若问洛阳兴废事，请君只看博物馆。"

不知道同学们印象最深的展品是什么，我期待相遇的是那几块残破的石头——熹平石经和正始石经残石。

图2　熹平石经残石

前者是东汉末年汉灵帝熹平年间开始雕刻，后者是曹魏正始年间雕琢的石经——用官方的意志，确定儒家经典的权威版本，雕刻在石碑上，矗立在洛阳太学门口，供天下儒生抄录、拓印。其后，唐、宋直到清朝乾隆年间，都有制作石经的举动——去过北京国子监和孔庙的同学都应该见识过清代石刻十三经的壮观。在印刷术已经出现的时代，制作石经显然只是一种抒发托古幽思的举动，对于文化传承传播的意义已经不大。然而汉魏石经不然。那时候，书籍流传不广，寒素子弟往往没有书可读；经学成为士族垄断的家学，在占据文化高地的同时，他们开始拥有道德权威和社会政治特权；经今古文之争此起彼伏，门户之见导致党同伐异，甚至引发政治斗争。所以，公开、固化儒家经典具有重要意义。据说石经竖立起来后，每天到碑下抄写观摩的人络绎不绝，造成交通拥堵。

但我想说的是，两部石经前后只相差60年左右，为什么是在汉末三国的动荡飘摇时期，要在这么短的时间内相继制作石经？

或许，这只是儒家经学发展的自然产物和必然要求。而它们的产生又不得不表征了那个时代，这就是：统一的汉帝国行将或业已崩溃，中国的古典时代结束，作为正统思想的儒家经学走到了一个转折点。好像是感觉到时代风潮变化，当时的统治者努力拯救属于自己的时代，方法之一就是用石经统一和固定儒家经典。

果然，狂暴的社会动乱起来了，臣服于周边的民族进入了，曾经的社会上层精英遭受了空前的打击，又一个礼崩乐坏的时代开始了。而刚刚雕琢完工的石经很快也被破坏了，零落四方，埋没于黄土。

雄伟的都城和堂皇的宫殿荒圮了，巍峨的石经倒下了，破碎了，但中国文化并没有因此而中断。我们都应该想一想：文化的生命力到底在于何处？

※　　　　※　　　　※

如果说大唐从平城走来，那么在这一征程中，洛阳是一个重要的中继站。

冯太后和孝文帝的改革愈到深处愈遭到保守势力的反对，而近迩草原的平城是保守力量的大本营，要完成改革使命，只能远离平城，迁都到汉文化的中心地带。其实，经过汉末、西晋、十六国、北朝的历次残酷战争，洛阳已经沦为一片废墟，并不适合做都城了。建城条件更好、军事政治地位更重要的城市不是没有，比如邺城，但孝文帝选择洛阳，主要考虑的是它处于“天下之中”，是“九州”的核心，曾经为东周、东汉的都城，是汉族士族精神文化的寄托。顺便说一下，教材上说孝文帝改革措施之一“禁断北语，一从正音”中的“正音”，不是笼统指汉语而已，而是特指洛阳一带的语音，换句话说，东汉魏晋时期的“国语”“普通话”是洛阳话，东晋南朝的士大夫也以作“洛生咏”为荣。

虽然重修洛阳城的工作直到孝文帝去世都还没有完成，但迁都后大规模的封建化、汉化改革不可阻止地展开，鲜卑等南迁的民族模仿比附汉族建立起门阀等级秩序，与对等的汉族士庶缔结婚姻，汉族士族家的女儿带着汉文化的礼仪、习俗、教养进入鲜卑家庭，影响其出现更多儒雅之士；而鲜卑血统进入汉族，也为其注入了新鲜刚健、豪迈勇武、感性浪漫的气质。而隋唐就是儒雅和刚健的结合，是华夏民族在长期的士族门阀统治束缚中的再生。

不仅就稍微抽象一些的民族气质，就具体的物质生活和典章制度而言，洛阳都可以说是隋唐两代的起点。比如中国古代的坊市制度，我们教材上笼统地说宋以前实行坊市制度，其实它与任何事物一样，也有一个发展演变的过程，早在周代即萌芽，汉代又进一步发展，但在北魏平城和洛阳的城市建设中，才形成了市场高度集中设置、坊市严格界限、坊与市构成棋盘式城市布局的制度，形成唐代大都市“百千家似围棋局，十二街如种菜畦”的城市格局，坊市制度达到顶峰。而这与魏晋南北朝时期整个社会士族庄园自然经济占主导地位，商品经济特别是北方商品经济不活跃有关，甚至与鲜卑族从游牧向农耕社会转型及对人口实行宗主督护制管理等都有关系。

关于迁都洛阳后全面学习汉族官制、教育、礼乐制度等对隋唐建国立制所产生的影响，我们通过教材上的表述可以想象得知，此不赘言。

※　　　　※　　　　※

大家是否想过这个问题：如我们教材上所说，孝文帝改革是一场伟大的改革，但为什么在孝文帝死后仅仅 30 年的时间里，北魏就陷入严重危机，随即分裂、灭亡？

我们曾经总结过，历史上的改革总是要挑战既得利益格局，因此一定会遭到保守势力的反对，改革也总是不会顺风顺水，而可能遭遇巨大阻力甚至流血牺牲。而孝文帝改革是抛弃鲜卑民族游牧政治文化和社会传统、全盘汉化，其力度和程度远远甚于其他改革，应该说是一场革命性的变化。因此，北魏孝文帝改革所面临的阻力、困难以及留下的后遗症也是非常巨大、惨痛的。而洛阳，这座饱经忧患的古城再一次见证了这些历史悲剧。

首先，改革导致孝文帝家庭悲剧。他的太子拓跋恂被保守势力围绕，反对改革，图谋叛归代北，以致被处死。如果说太子拓跋恂恋慕北方游牧生活的自由无拘束而反对改革迁都是游牧文化与农耕文明的冲突，虽出乎情理，但在意料之中，有雄才大略的孝文帝在，太子拓跋恂及北方一批保守派贵族的反对还不能掀起多大风浪；那么孝文帝英年早逝后，改革的后遗症积累爆发，终致不可收拾，则是北魏的最大悲剧。

迁都后，鲜卑贵族从地域上分为两部分。一部分追随孝文帝迁都到洛阳，很快汉化，加官晋爵，车马轻裘，是改革的得益者，但也暴露出迅速腐化的弊端；留守平城、防卫北疆的鲜卑军事集团享受不到改革的好处，反而沦为边缘化存在，对洛阳朝廷和汉化鲜卑、汉族重臣极度嫉恨，终于导致尔朱荣之乱。528 年，驻扎在晋阳的尔朱荣借口为孝明帝报仇，发兵洛阳，将胡太后、元魏皇室与朝中权贵 2000 多人沉杀于洛阳城外河阴，史称“河阴之变”。

从北魏立国以来开始、孝文帝改革推动的汉化进程遭到巨大逆转，历史进程显示出其曲折复杂的特性。

当然，虽然北魏分裂为东西魏、演变为北齐和北周后，一度出现“鲜卑化”，包括隋唐两代帝王之家也被冠以“普六茹氏”和“大野氏”这样的鲜卑姓氏，但“青山遮不住，毕竟东流去”，民族融合的大潮还是席卷了一切抱残守缺的势力，浩荡而去。

九、二程墓

1. 游学手册

1）学习目标

（1）复习所学宋明理学相关内容，使抽象、理性的理论和知识得到“身临其境”的感性印证。

（2）学习和了解理学人格修养目标、方法，提升自己的人格修养水平。

2）基础知识

二程墓在洛阳市南约25公里，今伊川县城西荆山脚下，被称为程园。二程墓有三个墓冢，二前一后，前者为程颐和程颢之墓，后者是前者父亲之墓，意为“父抱子”，墓冢保存良好，三块墓碑均为元代嵩县县令所立。二程墓包括程墓和程祠两部分，前为祠庙，后为墓冢。祠由门楼、厢房及大殿等组成，另有明清时代的石碑数十方。程颢（1032—1085年）、程颐（1033—1107年）兄弟，同为北宋哲学家、教育家，学者分别称其为明道先生、伊川先生，洛阳人，是北宋理学的两位奠基者，世称二程。

3）知识链接

理学❶

理学，指宋明（包括元及清）时代占主导地位的学术体系。按传统的分类，这个体系主要有两大派：一派是宋代占统治地位的道学，其中以洛学为

❶ 陈来．宋明理学［M］．沈阳：辽宁教育出版社，1991：8-18.

图 1　庄严二程墓

主干，至南宋发展到高峰，在明代仍有很大影响，并维持着正统地位。因其主要代表为二程和朱熹，故常称之为程朱派。由于二程与朱熹皆以“理”为最高范畴，所以习惯用“理学”指称他们的思想体系。另一派是在宋代产生而在明代中后期占主导地位的以“心”为最高范畴的思想体系，代表人物为陆九渊、王守仁，故又称为陆王学派或陆王心学。因此，广义的理学包括道学与心学。

按照现代学术界的通常做法，可以把宋明理学体系区分为四派：气学（张载为代表）、数学（邵雍为代表）、理学（程颐、朱熹为代表）、心学（陆九渊、王守仁为代表）。气学—数学—理学—心学，历史地、逻辑地展现了宋明理学逐渐深入的发展过程。

气学针对隋唐盛行的佛教与道教崇尚虚空的学说，提出虚空即气，气为宇宙的终极实在，从根本上打击了佛老，为儒家学说建立了一种宇宙论的论证。数学则进而研究实在的宇宙过程和历史过程的规律性，但未能摆脱象数学的神秘色彩，“数”最多只能反映宇宙历史演化中兴衰的周期，无法真正揭示世界的规律性。气学与数学都未能与儒家的核心伦理原则紧密结合起来。“理学”则是把这些伦理原则上升为宇宙本体和普遍规律，使儒家思想有了更为坚实的本体论基础。但在道德实践上，“理学”把伦理原则更多地作为外在的权威，忽视了人作为道德实践主体的能动性。因此，心学反对理学的实践论，认为人的本心作为道德主体，其自身就决定了道德法则，突出了道德实践中的主体性原则。

宋明理学的特点如下。

第一，以不同方式为发源于先秦的儒家思想提供了宇宙论、本体论的论证。

第二，以儒家的圣人为理想人格，以实现圣人的精神境界为人生的终极目标。

第三，以儒家的仁义礼智信为根本道德原理，以不同方式论证儒家的道德原理具有内在的基础，以存天理、去人欲为道德实践的基本原则。

第四，为了实现人的精神的全面发展而提出并实践各种“为学功夫”，即具体的修养方法，这些方法的条目主要来自《四书》及早期道学的讨论，而特别集中于心性的功夫。

大体上，理学讨论的主要问题有理气、心性、格物、致知、主敬、主静、涵养、知行、已发未发、道心人心、天理人欲、天命之性与气质之性等。此外，还可以衍生出其他许多问题，如理气问题又可以衍生出理气先后、理气动静、理气同异、理气强弱等。理学道德实践的各种修养功夫有存心养气、戒慎恐惧、必有事焉、勿忘勿助等。

其中关键的几个概念为理、气、心、性。

一般地、笼统地说，理指法则，气指物质材料，心指意识，性指本质。

理学在中国文化史中的地位如下。

从整个中国文化的发展和学术潮流的演变来看，中唐的中国文化出现了三件大事，即新禅宗的盛行、新文学运动（即古文运动）的开展与新儒家的兴起。宗教的、文学的、思想的新运动的出现，共同推动了中国文化的新发展。三者的发展持续到北宋，形成了主导宋以后文化的主要形态，是这一时期知识阶层的精神表现。

与魏晋以来的贵族社会相比，中唐以后总的趋势是向平民社会发展。中唐以后的文化转向正是和这种社会变迁相表里的。它在许多方面与西欧近代的宗教改革与文艺复兴有类似的特点。中唐两宋的文化形态可以认为是中世纪精神与近代文明的一个中间形态，其基本精神是突出世俗性、合理性、平民性。在这个意义上，理学不应被视为封建社会后期没落的意识形态或封建社会走下坡路的观念体现，而是摆脱了中世纪精神的亚近代的文化表现，它正是配合、适应了社会变迁的近世化而产生的整个文化转向的一部分。

二程语录❶

①人患居常讲习空言无实者，盖不自得也。为学，治经最好。苟不自得，则尽治五经，亦是空言。

②天地生一世人，自足了一世事。

③盖上天之载，无声无臭，其体则谓之易，其理则谓之道，其用则谓之神，其命于人则谓之性，率性则谓之道，修道则谓之教。

④富贵骄人，固不善；学问骄人，害亦不细。

⑤圣贤千言万语，只是欲人将已放之心，约之使反，复入身来，自能寻向上去，下学而上达也。

⑥人于外物奉身者，事事要好，只有自家一个身与心，却不要好。苟得外面物好时，却不知道自家身与心却已先不好了也。

⑦真知与常知异。故人知不善而犹为不善，是亦未尝真知。若真知，决不为矣。

心诚求之，虽不中，不远矣。

⑧克己则私心去，自然能复礼，虽不学文，而礼意已得。

所见所期，不可不远且大，然行之亦须量力有渐。志大心劳，力小任重，恐终败事。

教人未见意趣，必不乐学。

⑨圣人于文章，不讲而学。盖讲者有可否之疑，须问辨而后明。学者有所不知，问而知之，则可否自决，不待讲论。

⑩行礼不可全泥古，须当视时之风气自不同，故所处不得不与古异。虽圣人作，须有损益。

⑪知止则自定，万物挠不动，非是别将个定来助知止也。

⑫须是大其心使开阔，譬如为九层之台，须大做脚须得。

⑬圣人之教，以所贵率人。

---

❶ 程颢，程颐．二程集［M］．王孝鱼，点校．北京：中华书局，1981.

《大学》之儒学纲目

大学之道，在明明德，在亲民，在止于至善。知止而后有定，定而后能静，静而后能安，安而后能虑，虑而后能得。物有本末，事有终始。知所先后，则近道矣。古之欲明明德于天下者，先治其国。欲治其国者，先齐其家。欲齐其家者，先修其身。欲修其身者，先正其心。欲正其心者，先诚其意。欲诚其意者，先致其知。致知在格物。物格而后知至，知至而后意诚，意诚而后心正，心正而后身修，身修而后家齐，家齐而后国治，国治而后天下平。自天子以至于庶人，壹是皆以修身为本，其本乱而末治者否矣。其所厚者薄，而其所薄者厚，未之有也。此谓知本，此谓知之至也。

儒家论道德修养格言

为天地立心，
为生民立命，
为往圣继绝学，
为万世开太平。

——张载

4）探究学习

（1）讲一讲程门立雪的典故。

（2）说一说理学的基本主张。

（3）读一读二程名言语录。

（4）谈一谈你对这些警句的理解。

（5）理学人格修养主张如何？有什么历史影响？有什么现实意义？

2. 历史游学纪实

拜谒二程墓前夕，我们一起观看了北京某名校一位历史老师讲理学的录像课。名校名师名不虚传，课讲得生动活泼、鞭辟入里。然而，有一些遗憾的是，其与教材对理学的评价相仿，只是就其消极局限性立论，而没有客观公正地谈论其积极意义。

理学在维护纲常礼教等级秩序、维护专制统治方面确实恶迹斑斑，但在当时的时代条件下也起到过积极作用，在今天也有其重大的现实意义。

通过历史课学习，大家知道，理学产生的一个深刻背景是魏晋隋唐以来，三教合一的趋势日益明显，特别是唐朝统治者官方首尊道教，民间信仰更热

图 2　凭吊二程先生

衷于佛教，儒家的正统地位受到挑战。而儒家之所以不敌佛道竞争，是因为它多道德说教而缺理论思辨。理学吸收佛道理论，提出本体论概念“理”“心”，发展出一套心性之学和格物致知理论，大大深化和推进了中国人的思辨哲学。儒学之所以能继续稳坐正统和主流地位近 1000 年，与其具备深厚的哲学理论基础有莫大关系。这启示我们，一定要重视理论建设。当然，理论一定要与民族心理和思维方式相契合。

宋明理学发明理欲之辨，高扬道义的旗帜，试图树立社会的普遍道德法则，追求精神境界，向往理想人格，可以说理学的核心教义和终极目标就是人格修养。理学继承和发扬了儒家传统的克己慎独思想，在个人的品德修养和道德教育中强调道德的主体性、主动性，运用诚心、正意、内省、克己等自我修为方法，把个人私欲控制在社会伦理规范之内。在今天物欲横流、拜金盛行，而法治建设仍然任重道远的情况下，借助理学的某些观念和方法提升公民的道德素养，可以与法治建设相得益彰。

理学家张载首先提出“见闻之知”与“德性之知”两种知识，并提倡穷理尽性之学，成为理学家共同讨论的问题。反观今天我们的教育，重视一般学科知识的灌输，忽视道德品性的培养，其实沦为了单纯的教学而没有育人。

理学固然有压抑人性的负面作用，但王阳明“心学”的思想本质是强调个性化的发展、个人意愿的尊重及个体创造力的调动，具有张扬个性和主体能动性的积极意义。其曾经激励过许多仁人志士发愤图强，实现个人价值和社会价值的高度统一，成为创造历史的英雄人物。阳明学说在海外，特别是对日本明治维新产生过作用，至今日本学界研究阳明学的热情不减。我们不能让“墙里开花墙外香”，要继承和发扬祖先留给我们的宝贵精神财富。

十、殷墟

1. 游学手册

1）学习目标

（1）知识与能力：通过文物和文字全面了解商朝社会和历史。

（2）过程与方法：通过寻找能够说明、论证历史的文物、文字信息，培养史论结合的论证能力 。

（3）情感态度与价值观：了解殷商文化与后世中华文化的联系，体认中华民族文化连绵不绝、源远流长的特点，激发民族自豪感。

2）基础知识

殷墟是中国商代后期的都城遗址，是中国历史上被证实的第一个都城，位于中国河南省安阳市殷都区小屯村周围，横跨洹河两岸，殷墟王陵遗址与殷墟宫殿宗庙遗址、洹北商城遗址等共同组成了规模宏大、气势恢宏的殷墟遗址。商代从盘庚到帝辛（纣），在此建都达273年，是中国历史上可以肯定确切位置的最早的都城。殷墟是中国历史上第一个有文献可考并为考古学和甲骨文所证实的都城遗址。殷墟的发现和发掘被评为20世纪中国“100项重大考古发现”之首。

3）知识链接

甲骨文，是中国目前已知最早的成系统的文字形式，是世界四大古文字之一。它具备了象形、指事、会意、形声、转注、假借等造字方法，标志着汉字已进入成熟阶段。殷墟甲骨文是殷王朝占卜的记录，中国古代甲骨占卜有着悠久的历史，殷墟时期则是占卜最盛行的时期，商王和贵族几乎每事必

图 1　参观殷墟遗址博物馆

卜，占卜成为商代社会生活的重要组成部分。甲骨的纳贡、收贮、整治、钻凿，占卜方法、程序，以及卜辞的语法、辞例等形成一套严格而有系统的制度。据甲骨文记载，殷代已有专门掌管占卜和记录的贞人，见于卜辞的贞人约有上百人。占卜涉及的内容包括祭祀、天象、年成、征伐、王事等，甚至包括商王游猎、疾病、做梦、生子等。商代以后，甲骨占卜逐渐失去了其显赫地位。殷墟甲骨文的发现，见证了已经消逝的商代占卜制度，为研究中国文化史提供了重要的材料。目前殷墟发现有大约 15 万片甲骨，4500 多个单字。从甲骨文已识别的约 1500 个单字来看，甲骨文已具备了现代汉字结构的基本形式，其书体虽然又经历了金文、篆书、隶书、楷书等书体的演变，但是以形、音、义为特征的文字和基本语法保留了下来，成为今天世界上 1/5 的人口仍在使用的方块字，对中国人的思维方式、审美观产生了重要的影响，为中国书法艺术的产生与发展奠定了基础。甲骨文也因此成为世界四大古文字中唯一传承至今的文字。由甲骨文演变发展而来的汉字，在传播华夏文化、促成中国大一统国家的形成与巩固方面发挥了重要作用。

4）探究学习

（1）从殷墟看商代历史。

①政治。

国王世系：多少代商王？商王名字有何特点？

王位继承制度：继承方式如何？

中央官制：出现哪些职官名目？反映了什么特点？

分封制雏形：例证？“商朝”的疆域如何？商王对不同地区的统治程度有何区别？

②军事。

武器装备：种类？质地？

战车：有哪些主要部件？有哪些还活在现代汉语中？战车的使用反映了什么历史、地理信息？

著名将领：妇好的身份地位、生平事迹？

③经济。

农业工具：种类？质地？反映了什么农业发展水平？

畜牧生产：牲畜种类？数量？反映了什么经济生活特点？

青铜铸造：原料来源如何？工艺程序如何？器物种类有哪些？器形和花纹有什么特点？反映了什么历史特点？

纺织：从哪里可以得到纺织的信息？有哪些纺织品种类？

陶瓷：何为陶？何为瓷？考古学为何重视陶器？

制骨：骨器有哪些种类？反映了什么经济原则？

制玉：玉器原料来源？说明了什么？

酿酒：证据？反映了什么问题？

货币：种类？反映在文字上的表现是什么？货币的使用所反映的经济活动范围、水平？

④文化。

文字：为什么叫甲骨文？为什么说是成熟文字？你认识了多少甲骨文？你从甲骨文中得到哪些历史信息？

宗教：占卜的程序如何？地位如何？祭祀种类有哪些？

美术：青铜艺术特点？还有其他美术形式吗？

音乐：乐器举隅。

⑤社会生活。

服饰：与后来华夏族服饰有何相同与不同？

饮食：食物种类？炊具、餐具有何阶级差别？

居住：与后世居住特点有哪些相同之处？

出行：步？车？船？

（2）思考提升。

如何看待大量的人殉现象？

2. 历史游学纪实

在殷墟，是气势恢宏的宫殿与王陵，工艺高超、造型精美的青铜器，结构复杂、保存完整的车马，还是惨无人道的人殉，给你的感受最深？

图 2　拜读甲骨文

我的回答是：甲骨文。

我震惊于它的刻画精细，震惊于它的数量庞大，震惊于它的完善、成熟，但更震惊于它的源远流长。

在人类古老的文明体系中，有比甲骨文更早的文字，比如埃及的象形文字和两河流域的楔形文字。然而这些文字体系早已退出历史舞台，成为僵死的历史遗物，其所依托的语言也已经消散在历史的深处。

唯有甲骨文将生命延续至今。在 3000 年的风雨沧桑中，甲骨文只是华丽地转了几次身，仍然生机盎然地活在中国人的书面和思维中，成为使用人数最多、使用时间最长的文字，成为中华历史和文化的基因代码，成为中国的名片。

当你凭着与现代汉字字形相似就猜测出某一个甲骨文字时，你是否有一种破解历史奥秘的惊喜？是否有一种触动灵魂深处那根文化血脉的震撼？是否有一种与远古的祖先对话的虔敬？是否有一种回到精神故乡的安慰？是否有一种鼻子酸酸但心底暖暖的感觉？

这就是汉字。

它的诞生曾经让天雨粟鬼夜哭。它的流传延续了一个伟大民族的生命。它的普及维系了一个伟大国家的团结。它从历史走来，它创造了历史。它向未来走去，它将创造未来。它是中国的财富，它是中国的骄傲，它是中国的宿命。

你的身体和生命来自你的父母，你的精神和灵魂来自汉字。

阅读、书写汉字的人啊，但凡有血气者，谁不应该孝敬父母？但凡有思维者，谁不应该敬畏汉字？

然而也有遗憾。

图 3　文字长廊・历史长廊

近代以来，随着国力的衰落，国人的自卑心严重，认为汉字不适应近代化需要，开始了简化汉字甚至废止汉字的学术探讨。新中国成立后，为了迅速普及文化教育而推行简化字，这虽然在减轻认读汉字难度、提高识字率方面有一些贡献，但从某种程度上说，有人为改变汉字演变生态进程的嫌疑，夸张一点说有干扰、打断中华文化延续的危险。

不是约定俗成、自然演化，而仅靠几个学者为完成政治任务仓促进行的简化字，有的背离造字的初衷，失去了繁体字所蕴含的文化信息；有一些不同的繁体字简化为一个简化字，导致繁简转换过程中的误差；也有声旁形旁失掉本来面目而增加识读困难的情况。

约其大者，简化字有两大弊端：使人们阅读古籍出现障碍，因而不能很好地汲取传统文化精华；与港澳台同胞和海外侨胞书面交流困难。

因此，我强烈建议：第一，学校汉字教学应该做到“识繁书简”，在不增加学生课业负担的前提下，普及繁体字识读，增强学生的文化品位和素养；第二，大陆学界和有关部门应与港澳台、海外华人甚至大量使用汉字的日本通力协商，对简化字进行一次科学探讨，对于符合汉字发展内在规律、确实起到化繁为简、有助于汉字学习和普及的，予以保留；对于那些违拗汉字发展规律、割裂汉字与传统文化内在关联、引起使用繁体字人群极大不便的简化字，有必要恢复繁体形式，做到繁简合适，既保存汉字文化的精华，又顺应现代社会的迅捷要求。

十一、岳飞庙

1. 游学手册

1）学习目标

（1）了解岳飞抗金事迹；凭吊岳飞，缅怀其爱国主义精神。

（2）背诵岳飞的《满江红》，体会岳飞精忠报国、一腔热血的英雄气概。

（3）运用哲学价值判断与价值选择、价值观的相关知识解读岳飞精忠报国的壮举。

2）基础知识

岳飞（1103—1142 年），字鹏举，宋河北西路相州汤阴县人（今安阳市

图 1　拜谒岳飞庙

汤阴县城东 30 里的菜园镇程岗村），南宋时期抗金名将；16 岁从军，32 岁擢节度使，官至太尉、宣抚使、枢密副使，曾四次举兵北伐；绍兴十年（1140 年），出师中原，收复郑州、洛阳等失地，大破金兵于郾城，正欲乘胜北进，被赵构、秦桧逼令班师，解除兵权，不久被以“莫须有”的罪名诬陷谋反下狱。

汤阴岳飞庙，原名精忠庙，后也称“宋岳忠武王庙”，始建年代无考，今址于明景泰元年重建，此后历代屡有增建，逐渐成为一处完整的古建筑群。

3）知识链接：岳飞的爱国主义和忠君思想

中国历史上的爱国主义，大致是自秦汉以来，由于统一的多民族国家的建立、巩固和发展而长期形成的对祖国最深厚的感情。但是，在岳飞所处的时代，爱国主义不可避免地与保卫赵宋家天下、忠君思想融合为一。须知祖国、国家和君主乃是现代人的不同概念，但是，忠君思想不可能完全等同于愚忠。

后代世人对岳飞“愚忠”的印象，其实并非真正得自准确的历史记载。岳珂编写的祖父岳飞的传记，即《鄂国金佗稡编》中的《鄂王行实编年》，固然竭力避讳和抹杀了岳飞与宋高宗的矛盾，但强调、渲染和虚构岳飞的“愚忠”形象还是更晚的事。清朝乾隆皇帝为使臣僚对自己尽忠，有意将岳飞渲染为对皇帝“愚忠”的楷模。他称赞岳飞“知有君而不知有身，知有君命而不知惜己命，知班师必为秦桧所搆，而君命在身，不敢久握重权于封疆之外”（《岳庙志略》卷首“岳武穆论”）。

此段评论并不符合史实，岳飞为抗金成功，并未回避久握军权之嫌；绍兴十年班师时，他也未料想会遭秦桧的毒手。当然，给人印象最深者，还得数《说岳全传》及戏曲之类的艺术虚构。如在清人钱彩的《说岳全传》中，岳飞死到临头，仍对宋高宗感恩戴德、忠心不二，他亲自捆缚企图造反的岳云和张宪，引颈受戮。

其实，宋人尽管一般都肯定岳飞，却并未将他作为忠君道德的楷模，更无人认为他有今人所谓的“愚忠”思想。理学集大成者朱熹在肯定岳飞“忠勇”的同时，又认为岳飞“有些毛病”。“毛病”之一是“骄横”，“若论数将之才，则岳飞为胜，然飞亦横”“岳飞较疏，高宗又忌之，遂为秦所诛”。“毛病”之二是“恃才不自晦”，锋芒毕露，不行韬晦保身之计。（《朱子语类》第131~132卷）

如今看来，朱熹的一些指责，倒恰好是岳飞的一些优点。例如，他在绍兴七年愤慨辞职，绍兴十年违诏出师，说明他对皇帝并非绝对服从，而毫无怨尤。

研究问题忌带表面性，若仅从今存宋高宗手诏和岳飞奏议着眼，总不免有表面应酬的官样文章。人们摘引此类文辞，说明君爱臣、臣忠君自然并不困难，却不足以说明实质性的问题。

如果进行由表及里的探究，就不难发现，绍兴七年是宋高宗和岳飞君臣关系发生转折的一年。自绍兴元年到七年年初，宋高宗需要擢用良将，安内攘外，以保全皇位。岳飞升迁最快，后来居上，一时成为宋高宗最器重的武将，甚至准备授以全国大部兵力的指挥权。岳飞在上奏中非常感激皇帝的破格提拔，渴望抗金功成，以为报答。但是，自宋高宗取消兼统淮西行营左护军的成命，岳飞因此愤而辞职以后，围绕设立皇储、要求增兵、对金和战等问题，君臣之间的裂痕愈来愈深。因此，宋高宗最后使用屠刀，也是冰冻三尺，非一日之寒。

岳飞的悲剧在于既要爱国，又须忠君，事实上两者不可兼得。在他生前的最后几年中，他既对皇帝愈来愈不满，却又不能摆脱忠君道德的束缚。最后，则是宋高宗对这个根本没有野心的将帅下了毒手。人们不能苛求岳飞具有反对专制政治的超前意识，岳飞的才能、品格和风骨尽管堪称古代武将的典范，却反而不容于世，成为专制腐败政治的典型牺牲品。

在中华五千年的悠久历史中，对后世子孙起着巨大精神影响的历史伟人

为数并不多，而岳飞则是其中的一位。岳飞“尽忠报国”的精神，他的高风亮节，不仅表率于宋代，也激励着后世。❶

图2　岳飞名言

残酷的宋金战争早已成为历史陈迹，金朝的女真人逐渐融合在汉族之中，其后裔也已成为汉人的一部分，仅有少量留在东北的女真人成为后来满族的祖先。然而岳飞的崇高爱国精神，却长久地滋养着我们民族的神魂，砥砺着我们民族的志节。他的不朽词作《满江红》，也长久地震撼着我们民族的心灵。

一个伟大而又多灾多难的文明古国，它之所以能屡仆而屡兴，千百年来的爱国主义传统作为一种巨大的精神支柱，无疑发挥了重大的作用。每当祖国蒙受耻辱、遭遇劫难、濒临危亡之际，总是有大批爱国志士甘愿为它的荣辱、兴衰、存亡而献身。岳飞等先烈的榜样，鞭策着后人；而后人的奋斗业绩，也可超越前人。

时至今日，中华大地仍处在文明重建阶段。中华民族是有强韧生命力的民族，中华民族不甘永远落人之后，也不会永远落人之后。建设新文明，并不意味着必须彻底毁灭旧传统。特别是有悠久历史的中华民族，必将发扬光大本民族优秀的、有价值的旧传统，而摈弃坏的、不适用的旧传统，以滋养和建设崭新的文明。

4）探究学习

（1）说一说岳飞的生平事迹。

（2）有人说“岳飞必须死”，你怎么看？

（3）近来有人塑秦桧立像，引起轩然大波，你怎么看？

（4）朗诵岳飞的《满江红》，思考以下问题。

怒发冲冠，凭栏处、潇潇雨歇。抬望眼，仰天长啸，壮怀激烈。三十功

❶ 据《宋史》卷451《徐应镳传》载，南宋亡时，太学生徐应镳在原是岳飞故宅的太学祭奠岳飞祠后全家自焚。

名尘与土，八千里路云和月。莫等闲、白了少年头，空悲切。

靖康耻，犹未雪；臣子恨，何时灭？驾长车、踏破贺兰山缺。壮志饥餐胡虏肉，笑谈渴饮匈奴血。待从头、收拾旧山河，朝天阙。

问题 1：《满江红》写了什么？你从中感受到了怎样的岳飞形象？

问题 2：《满江红》中的哪句话最能引起你的共鸣？为什么？

2. 历史游学纪实

岳飞抗金被害，死后哀荣，是由当时的政治形势决定的；其身后地位和荣誉也与时代风向相关。汤阴岳飞庙大规模地重建于明景泰元年，正是明朝抵抗蒙古入侵的紧要时期，树立抗敌英雄形象正当其时；而且主持修建岳飞庙的官员据说曾有妥协投降倾向，在景泰帝即位、于谦抗敌有功的情况下才提议重修岳飞庙。正如景泰帝死后不能葬入十三陵，以亲王礼草葬于西郊，直到南明才得到庙号代宗一样，南明也面临着抵抗异族入侵的任务。

图 3　岳飞庙诵读《满江红》

在今天这样一个不需要英雄、解构历史的时期，岳飞又会遇到怎样的命运？已经有学者冷静理智地考证、推定岳飞为什么必须死。而对待岳飞这样的英雄人物，需要的不是冷冰冰的理智分析，需要的是崇拜，是信仰。不把岳飞作为偶像，就会把金钱作为偶像；不推崇杀敌报国，就会有贪生求荣。

而岳飞早就说过："文官不爱钱，武臣不惜死，不患天下不太平矣。"

岳飞不仅是汉族人民的英雄，也是中华民族的英雄。顶礼膜拜岳飞的不只是我们。岳飞庙中，有两块石碑引起了我们的注意。其中一块是乾隆皇帝御制诗碑。乾隆十五年秋，弘历皇帝途径汤阴，亲撰《武穆论》和《祭岳飞文》，并写下《经武穆祠》诗："翠柏红垣见葆祠，羔豚命祭复过之。两言臣则师千古，百战兵威震一时。道济长城谁自坏？临安一木幸犹支。故乡俎豆复何恨？恨是金牌太促期！"岳飞是抗金英雄，乾隆所属的满洲是女真族的后裔，入关前政权还叫过后金，按说岳飞和乾隆的祖先还是仇敌，但乾隆皇帝拜谒汤阴岳飞庙并欣然题诗，可见乾隆不小气，岳飞够伟大。

另有几通石碑是当时来访的越南贡使题写的。由此可见，岳飞的英雄形象不仅得到了我们国人的推重，甚至也得到了国际友人的认可。

如果说，在古代，岳飞忠君报国的思想是封建文臣武将的最高道德规范；那么在今天，爱国为民就应该是社会主义的核心价值观之一。

十二、美术（摄影）篇

1. 构图部分

表 1　摄影构图知识教学目标表

<table>
<tr><td rowspan="10">教学目标</td><td rowspan="3">知识目标</td><td>识记</td><td>识别出摄影构图最常见的一些方法</td></tr>
<tr><td>理解</td><td>归纳摄影构图的基本规律和技巧</td></tr>
<tr><td>应用</td><td>在摄影艺术鉴赏与拍摄实践中加以应用</td></tr>
<tr><td rowspan="3">能力目标</td><td>模仿</td><td>模仿老师示意的构图方法，进行构图练习</td></tr>
<tr><td>独立操作</td><td>以二次构图（裁剪）和拍摄实践的形式，完成构图实践，掌握构图的基本方法</td></tr>
<tr><td>迁移</td><td>为在摄影实践中灵活运用打下基础，力争举一反三</td></tr>
<tr><td rowspan="3">情感态度价值观</td><td>感受</td><td>感受构图之美</td></tr>
<tr><td>认同</td><td>愿意赏析名家、老师和同学的作品，帮助同学共同进步</td></tr>
<tr><td>内化</td><td>初步形成构图意识，确立对摄影构图较为全面的认识，以支撑今后的摄影实践</td></tr>
</table>

1）学生自主研究式学习，加深理解

布置各组学生概括构图的核心内容：学习摄影构图的基本规律和一些基本技巧，共分为7个方面：

（1）巧妙安排主体物的位置；

（2）运用比例来突出重点；

（3）利用线条的特性突出重点；

（4）通过搭框架的方式突出重点；

（5）光线的运用；

（6）抓住物体的动态；

（7）构图知识的综合运用——学习构图的步骤。

2）风光摄影构图及二次构图示例

图1　摄影构图

2. 旅行摄影注意事项

1）制订计划，做好准备

外出旅游要做很多功课，比如先查询旅游目的地的风光景色、人文习惯以及美食等方面的特点。除了以上这些，作为一个摄影爱好者来说，我们还需要对旅游目的地的风光景色做进一步的功课，比如有哪些是不容我们错过的风景，把它们找出来，并标在地图上。

2）熟悉器材，提高技能

你认真阅读过所使用的相机说明书吗？你曾经提出过关于相机操作的问题吗？不要到拍摄的时候才措手不及，最好还是先了解相机的基本操作再出发吧！

3）选择视角，推敲构图

按下快门前，你知道自己和被摄主体之间的位置关系吗？是选择俯视、仰视还是平视？构图的 7 个基本要点你还记得吗？灵活运用才是硬道理啊！

4）控制景深，取舍画面

控制景深有 3 个要素：

（1）光圈越大，景深越浅；

（2）焦距越长，景深越浅；

（3）相机距离被摄体越近，景深越浅。

理解景深的作用才能有意识地控制它，拍摄中多用“减法”，有“舍”才有“得”。

5）把握速度，凝固瞬间

（1）使用广角端拍摄，因为广角的光圈比长焦的大，所以快门速度会高一点，安全值也比较低。

（2）减少 EV 值，也可以提高快门速度，但容易造成曝光不足，不过可以考虑后期补光；当然，增加 EV 值就是降低了。

（3）提高 ISO，部分相机有高 ISO 模式，虽然高 ISO 会影响成像质量，但可以后期降噪；而且，一张噪点明显的照片至少比一张模糊得分不清人脸的照片要好吧。

（4）使用强制闪光灯，也可以提高快门速度。

6）理解光线，创造意境

摄影是把握“光”与“影”的故事，要善于利用和创造合适的光线去创造不同的意境。

7）反思总结，分享得失

不要等问题一箩筐时才开口，要及时分享“得”与“失”，明天才会拍得到位。

8）注意安全，互相帮助

不能总是“上车睡觉，下车拍照”，生命的精彩往往是在长长的旅途上。我们这些喜欢拍照的人，一定要牢记：“走路不拍照，拍照不走路。”没有安全，怎有佳片？共同进步，收获更多！

3. 曝光指数参考值

阳光灿烂，直射阳光下
ISO，T（快门），F（光圈）
100，1/125，16
100，1/250，11
100，1/500，8
100，1/1000，5.6
100，1/2000，4

阴天，户外天光下
ISO，T（快门），F（光圈）
100，1/125，8
100，1/250，5.6
100，1/500，4
100，1/1000，2.8
100，1/2000，2

多云天气，户外阳光下
ISO，T（快门），F（光圈）
100，1/125，11
100，1/250，8
100，1/500，5.6
100，1/1000，4
100，1/2000，2.8

下雨时或下雨前，户外
ISO，T（快门），F（光圈）
100，1/125，5.6
100，1/250，4
100，1/500，2.8
100，1/1000，2
100，1/2000，1.4

快门表：1 1/2 1/4 1/8 1/15 1/30 1/60 1/125 1/250 1/500 1/1000 1/2000（按一档变化，曝光减一半）。

光圈表：1.1.4.2.2.8、4.5.6.8、11.16.22（按一档变化，曝光减一半）。

换算：当ISO不变时，快门减少一档（即快门速度乘1/2），则光圈增添一档。

第二部分
以人为鉴——人与社会游学纪实

教育不是为将来的生活做准备，教育本身就是生活。反过来说，生活即教育。然而毋庸讳言的是，今天我们的教育严重脱离了现实生活。孩子们从小每天就被关在学校里，被灌输的是书面知识，日常生活被家长包办，老师也日益成为保姆型的教师。这种教育状态下培养出来的孩子基本缺乏社会常识，缺少待人接物的基本能力，在纷繁复杂的社会生活面前显得幼稚无知，面对人生道路的选择茫然无知。游学是到广阔的社会生活中去看、去思、去做，是进入社会的学习，能够在一定程度上弥补学校教育的不足。游学路上遇到的那些人和事也是学生成长的教材。

这次游学在让孩子们观察、接触人与社会的同时，也暴露出我们在教学设计中对这方面准备不足的缺点。说到底，我们的思维还是束缚在获取、验证知识，调动、运用理论，提升所谓思维、思辨能力方面，也就是应对高考需要，而不是从学生实际生活和工作能力、情感需要出发。我们的游学还是走马观花式的，还不是体验式的，旅游的成分大一些，学习的成分多一些，而生活的成分太不够了。

一、壶口老人

在黄河壶口瀑布吉县游览区，有一位年过六旬的卖艺老人，一身大红裤褂，头上系着白羊肚子手巾，在前额上挽成一个英雄结，显得非常干练；腰上挂着腰鼓，系着长长的红绸子。他在游人如织的黄河滩上，在瀑布浊浪的轰鸣中，在游人的喧哗中不停地唱歌、跳舞、击鼓、吹唢呐。

环境很嘈杂，老人的气息也不是太长足，唱歌的时候有些漏风，而河谷里掠过的风使得歌声、唢呐声飘飘忽忽，时断时续。但是，老人唱得真诚，敲得热烈，舞得投入。歌声苍凉，唢呐高越，在黄沙黄水搭建的舞台上，在山川大地筑造的剧场里，歌声、舞姿、鼓点、唢呐声都是那么和谐，那么震撼。一句“泪蛋蛋洒在沙蒿蒿林”入耳，鼻子一酸，自己的泪蛋蛋也盈眶了。这才是原生态的歌舞，这才是用生命来歌舞。

当然，老人面前摆着一个小铁皮桶，也是希望游人能慷慨解囊。或许，这种栉风沐雨、幕天席地的卖艺活动是他唯一的生活来源，但“商演”没有侵蚀老人对音乐的真诚，游客的欣赏与否没有影响他对歌舞的投入。

图 1　壶口老人用生命在演唱

有几位同学看见老人激情豪迈，走过去问他能不能和他们一起合影。老人被阳光长时间侵蚀的黝黑脸上露出一抹笑容：“没问题!”在合影时，他不断地摆出各种各样的姿势，照完后，他拿起暖壶，倒了一杯水休息，并没有向孩子们收取费用的意思，还和他们聊起天来。看见他被烈日晒得粗糙的皮肤和干裂的嘴唇，孩子们把所有的零钱都给了老人，老人还是笑呵呵的，说了很多吉祥话送给孩子们。看学生娃们走远了，老人就又开始卖力地唱歌、跳舞。

有的人拿腔作势、炫耀技巧，成为当红明星，但他的民歌已经是脱离生活土壤的死东西；有的人借助歌声，但主要靠展示自己的残缺博得人们同情来谋生。只有壶口老人接地气的歌舞，原汁原味，植根于生活，传递着淳朴，展示着健康。

谢谢你，不知姓名的壶口民间老艺人。

二、寿宴

在洛阳用午餐时，我们也是大开眼界。我们团被安排在某餐厅二楼，经过一楼大厅上楼的时候，看到大厅人头攒动，人声鼎沸，估计有20余桌已经开宴，大厅主席台上方挂着大红横幅，上面烫金大字写着：“祝某某九岁生日快乐!”

从北京来的同学们除了少数老北京子弟，家里七大姑八大姨的，有个节庆红白事什么的，家族聚于一堂，见过这种大场面；其他的大多数人是“京二代”，庆祝生日也就是三口之家自娱自乐，顶多喊上三五个知心朋友出去乐呵乐呵，哪里见过如此庞大的生日宴会！大家在表示惊叹之余，纷纷表示不理解：谁家能有这么多亲朋好友？

我想，在洛阳这样的中等城市中，市民也多脱离故乡故土，与老家宗族、亲戚较少直接联系，能出席孩子生日宴会的，多半不是血缘、地缘关系人员，而是城市从业过程中结识的同事、业务合作者，或者同学、朋友。而这些人中有多少是心甘情愿地参加一个与自己没有血缘关系，没有多少感情可言，甚至素不相识的孩子的生日宴会呢？其恐怕只是碍于情面。因为事主广发“英雄帖”，接到请帖的如果不参加宴会就会没面子——对双方来说都是。大家都只是被所谓的“人情面子”绑架而来的。

中国人讲究“红白喜事”，结婚、丧葬是敦睦亲情、明晰人伦的机会；与会者恭贺、赗赙，略表心意，也是患难相恤、共济互助的意思。所以，传统上婚礼、丧礼会出动较多的亲朋。家有老人，耄耋期颐，健康矍铄，儿孙们期待老人健康长寿，因兹大举，寿宴规模略大也在情理之中。然而一个孩子，今后过生日的机会还有很多，何必搞这么隆重？

有的同学猜测这可能是某个官员，面子大，能召集这么多人，也是趁机敛财。我想，在“十八大”以后的反腐高压之下，官员应该不敢大肆张扬。最有可能的原因是，这个地方人情泛滥，最初是有人借结婚、丧葬大事操办，请人来捧场、凑份子，收到礼金，暂时觉着自己“挣”了；而出过钱的人不甘赔本，轮到自己家有事的时候如法炮制，请客的范围像滚雪球似地越来越膨胀，宴会规模越来越大，最终搞得人人怨声载道，又人人欲罢不能，疲于奔命，靡费钱财，浪费时间，喝坏身体，获利的只有饭店酒馆。

在这种情况下，一时没有结婚、丧葬等重大事件可以操办的家庭就“倒霉”了，只有随礼的任务，没有“回本”的机会。没有机会，那就创造机会，比如给孩子举办生日宴会。更有甚者，据报纸、网络报道，有的地方恶性发展到修一间偏房，甚至家里的老母猪下一窝仔都要摆酒。随礼，成了很多农村和小城市人民的沉重负担；人情宴成了败坏社会风气、浪费社会财富的罪魁祸首。

本来，礼物交换是构建社会秩序的一个重要途径，是人类社会交往过程中必不可少的环节，还成为文化人类学中的一个重要概念。然而在商品经济日益裹挟人们生活、物欲横流的时代，如果还按照“礼物交换”的模式来构建人际关系，那就太悲哀了。说到底，这是前现代化社会的一个表现，社会生活依靠“熟人”编制交际圈、解决疑难问题，而不是组建利益相关、地位平等的社会团体，依靠法制和规章办事。这种前现代的社会交际也很容易走向“杀熟”的反面，而讽刺的是，这种杀熟还要打着“亲情”“友情”的旗号。

为什么在北京这样的大城市中，这种现象就少得多呢？为什么一些“北漂”年轻人在高房价、激烈竞争的北京待不下去而返乡，但发现在故乡更无法忍受而重新杀入大城市呢？很简单，在现代化程度高的地区，人与人之间的关系是单纯的商品契约关系，因此带给人的是更多自由、平等、自主、自尊。

三、可爱的河南人

毋庸讳言，一直以来，有一部分人对河南人有一种偏见或者说误解。真实的情况到底如何呢？这次河南之行让我们接触到了真实的河南人，请看看我们一路上遇到的河南人的故事吧。

龙门石窟停车场的拾荒老人

在龙门石窟和白园游览结束后，老师和同学们回到景区停车场，上车待发。这时，一位年迈的拾荒老太太来到车旁。她的年纪应该在70岁以上，头发几乎全白了，乱蓬蓬的；穿着一身现在已经罕见的蓝布裤褂，厚重而又不太干净的衣料被一阵有一阵无的小雨打得半湿，在炎炎夏日很不随时；上衣还是老式的大襟褂子，在一群衣着光鲜时髦的游客中显得极不入时，让人有时光穿越的错觉。从衣着上看，老人应该是来自偏僻的农村。看到陆续归队的同学手拿空饮料瓶，老人就走上前伸手示意，要收集废品。

看到这种情况，带队的刘老师从车上收集了几个空瓶子送给老人；有的

图 1　安阳街景

同学紧喝几口，把瓶子清空后也下车送给老人。老人家激动地连连双手合十，频频点头致谢，同时嘴里念念有词，能听出来一句半句的“祝美女越长越漂亮”。大家都被老人时尚的话语逗笑了。

汽车发动、调头，要驶离停车场了。拾荒老人突然紧跑几步赶到停车场出口，把出口处摆放的路障锥挪到远远的路边。其实凭我们司机的本领，从原先用路障锥留出的通道是可以顺利开过去的，但老人的举动让汽车拐弯出门更方便了。因为车窗封闭，我们不能伸出手与老人挥别，只能隔着玻璃看老人挥着手目送我们离去。

瓶子对我们来说是废弃的物品，我们少走了十几步，不用自己亲手把垃圾扔到垃圾箱里，只是顺手递给老人，却得到老人慷慨的赞美，得到老人热情的帮助。我们没有任何付出，却收获了助人为乐的快乐和自豪。老人得到我们一点点的赐予，就表现出无比的感激，给了我们真诚的回报。满足原来可以很简单，快乐原来可以很简单。

安阳车站广场的协警

7 月 18 日，夜宿安阳车站附近，照例在宾馆里组织同学学习讨论，讨论结束已经将近10点，几个老师去超市买点明天路上的食品。在要回宾馆的时候，被一位上了年纪的协警喊住，问我们是否是北京来的游客。我们心里紧张了一下，点头称是。老人说，可找到你们了。原来，老协警发现停车场上一辆大巴没有关车门，见一直没有司机回车，就按照车上张贴的联系电话号码拨打，可不知为什么电话打不通，老人也不敢走开，就在这里等候。

我们赶紧找司机师傅询问，原来是有一位同学回车上取东西，请司机遥控开了车门，下车后却忘了关门。几个人到车上巡查了一遍，没有丢失任何东西。这多亏老协警帮忙照看了近一个小时。否则，在这熙熙攘攘、人员复杂的车站，一辆车门大开的空车，还不知要丢什么东西呢。

你可能会觉着这是协警的分内工作，但若换成别人，能否苦守等候一个来小时还是难说。而他这样做了，得到的只是我们的几声谢谢。

热情的安阳女司机

一路伴随我们这个团队的还有旅行社的黄经理，热情乐观，喜欢开玩笑。特别是顺利、安全地完成参观游览任务后，黄经理更轻松起来。在汽车离开安阳返京的时候，老黄忽发童心。经过一个路口等红灯的时候，旁边一个车道上有一辆小面包车，开车的是一位中年妇女，正在趁红灯停车的时机吃早饭。老黄隔着两层车玻璃，一只手指着女司机手里的包子，一只手比画着要吃饭的样子。没有想到，女司机拉开车门下来，把方便袋里剩下的几个包子给老黄递过来。老黄也当仁不让，接了过来。更让人意外的是，到下一个路口红灯停车的时候，女司机又下车，端过来一杯热豆浆，并且热情地给老黄介绍附近前方哪里还有早餐店，包子如何好吃，等等。

我们被老黄返老还童的顽皮逗乐了，也被女司机的淳朴热情打动了。

我们所接触的这几位河南普通百姓都热情、淳朴、善良如此，而一般社会舆论中、一般人心目中的河南人形象如彼。到底哪一个是真实的河南人形象?

我想，每一个群体的成员中，都会有道德素养的高低优劣之别。或许你碰巧接触到了其中的优秀分子，或许你碰巧接触到了其中的顽劣分子，这都是正常的。不正常的是，你把自己对某一个体的印象无限放大，直接等同于对他所属群体的印象；然后，你运用自己掌握的某种语言权力，将自己的这种态度传递给其他人；而你的那个听众又不加思考地偏听偏信，以致以讹传讹、三人成虎，于是就形成了大家对某一个特定族群的固定看法。

那为什么偏偏是河南人留下一个不太好的整体形象呢？

电影《1942》给了我们一些启示：河南人口众多，历史上天灾人祸频繁，又地处中原，遇到灾祸的时候容易向四面八方逃难。逃难路上，因缺衣少食，可能个别人会有乞讨、行窃行为；所到之处会在一定程度上挤占当地人的生活资源，引起当地人对河南人的猜疑和忌恨，久而久之，形成了对河南人整体的负面评价。整个过程就好像吉普赛人之于欧洲人一样。

改变河南人负面形象要靠所有河南人的不懈努力，但也要靠全体中国人打破自己思维中的误区，驱除自己头脑中的偏见，用自己的真凭实据，用自己的理性判断来下结论，而不要捕风捉影、人云亦云。

四、偶遇传销

行程的最后一晚，我们住宿在安阳火车站附近的酒店。早上，被窗外广场上一阵阵的吆喝、呐喊声惊醒。推开窗子，看到一群年轻人围成一团，好像是在晨练，又像在表演。基本就是各种拓展训练活动中常见的动作，大呼小叫，足足闹腾了一个多小时。我们吃过早饭，准备离开酒店等待上车的时候，我走过去，询问他们是干什么职业的。他们好像很警惕的样子，嘟囔着说是做什么汽车美容产品之类，然后匆匆离去。

还是那位热心的协警老人的解答印证了我的怀疑：这是一群搞传销的年轻人。

为什么传销能够在车站广场上公然活动？

老人的解答让我们深感震惊：原来这远远不是安阳传销的“盛时景象”了。几年前，安阳几乎成了传销之都，吸引了全国各地成千上万的人主要是年轻人来此地。大一些的传销组织，甚至把整个电影院包租下来搞宣传大会。直到有一天，公检法部门突然袭击，抓捕了大批传销人员。

可怜的年轻人！参加传销被控制人身、被无情洗脑、被吸干财富后，再遭罚款打击。而真正的传销幕后老板是否已被绳之以法，得到应有的惩罚，我们都不得而知。而最近一段时间，又有小规模的传销活动开始公然出现，就像刚才广场上的那一群。安阳的警方是否又要“放长线钓大鱼”呢？

这件事情给我们的学生上了很好的一课：为什么那么多正值青春年华的男男女女像飞蛾扑火一样地卷入传销？是传销组织者太会煽动？然而内因是起主导作用的。这还是年轻人的心理品质不成熟造成的。然而年轻人为什么容易上当受骗？从大的社会环境来看，市场经济发展不可避免地带来拜金主义的盛行，社会上一夜暴富的神话流行，传统文化和道德教育断层，现代公民教育没有及时跟进，造成年轻人缺乏正确坚定的人生观、世界观；独生子女政策导致家长对孩子过分溺爱，往往造成他们好逸恶劳，幻想不劳而获；很多年轻人是从“留守儿童”长大成人的，在成长过程中缺失父母的关爱和教育，容易被社会上的不良风气带坏。

因此，要坚定一个信念：世上没有免费的午餐，天上不会掉馅饼，只有辛勤的劳动付出才能有真实的回报。

五、归途杂感

回京大约需要八九个小时，行驶在华北平原四通八达的高速上，我感慨良多。

这条线，我在 2001 年大学期间基本都走过，在出发前设计学案时，我很自信能把整个行程中涉计的地理问题都挖出来，给学生一个比较全面的地理认知。因为走过，加之又上网找了一些资料，我信心满满地带着学生出发了。然而路途中遇到太多太多我意想不到的事情、现象、突发事件，给整个游学过程带来了惊喜，也给我的行程带来了新鲜感。

我没有想到大同云冈石窟旅游景区规划建设得那么气派，更加符合旅游地理中旅游景区的规划设计原理。我没有想到平遥作为世界文化遗产还有那么多不尽如人意的地方，和 10 年前差不多，完全和旅游地理教科书上写的不一样，书上介绍的旅游规划没有得到彻底实施。这真应了那句古话：“纸上得来终觉浅，绝知此事要躬行。”

对比云冈和平遥两大世界遗产的开发现状，我们组织学生进行了“旅游资源开发：政府主导 VS 自主开发”的辩论赛。辩论中，学生表现出的优秀的口才、机敏的反应能力、联系教材理论的意识都让我惊叹。我们的学生不是没有才华，不是没有能力，是我们平常的教学没有给他们创造培养、展示的机会啊！

而两地旅游资源开发呈现重大差异的一个重要原因可能取决于当地领导的决策水平和决策能力。在大同，我们感受到大同人民对前市长耿彦波那么崇敬和怀念。应该说，他确实为大同做出了贡献，包括经济发展由依靠煤炭到开发旅游的设想和规划。一个把人民放在心中的领导，总是能被人民装在心里，虽然他已经离任去了太原当市长。

我没有想到，太原南部的新城规模如此之大，楼间距如此之小，楼层如此之高。这让我想到了城市森林，让我想到了“鬼城”，让我想到了城市化在最近 10 年经济中的作用，也让我想到了我国城市化面临的问题。

我没有想到，去壶口瀑布的路都是高速，以致我学案里设计的观察黄土高原植被状况和河流水文特征的题目没法让学生完成，因为车速太快，我们无法看清路两侧的庄稼和河流。10 年前我们走的是县道，车速每小时 30 公里。我感慨这一路上，无论是华北平原还是黄土高原，地级市以上的城市都有高速公路连接，这样的基础建设，就是与美国、欧洲等发达国家和地区相比也毫不逊色。基础建设投资当然可以拉动现实的经济发展，但更重要的是，它为今后的区域发展奠定了坚实的基础。路边还依稀可见一些标语——“要想富，先修路”，这种通俗易懂的口号当然可以赢得老百姓的接受，而实际上，修路，修现代化交通设施的巨大意义，又怎么是简单的“求富”就能涵盖得了？这是通向现代化的必经之路。

我没有想到，在黄土高原的大山沟里，我居然可以用手机 GPS 导航，让我们少走了很多冤枉路。这让我感觉到现代化、全球化浪潮的威力巨大，哪怕是偏远、僻陋地区也被它席卷而去。不管你年龄大小、学历高低、财富多少、工作如何、欢迎还是拒斥，你都无法摆脱全球化、现代化的冲击。无法摆脱，怎么办？那就勇敢地拥抱它吧，把它当成发展自己、实现自己价值的机会。

我没有想到，去了殷墟博物馆后，学生们对中国的汉字更加喜爱，对我们祖先的智慧更加佩服，对自己使用的文字更加自豪。

我没有想到，地方上那么公然地搞传销。这种只在电视上看到过的场景，一旦亲眼看见还是让人很震惊的。听导游介绍，此前更猖獗。政府监管不到位是重要外因，但最终还是人们的内心起决定性作用。为什么会相信传销可以致富？心理学家、社会学家应该从产生这种心态的心理机制、社会文化机制找到真正的原因，对症下药，或许还能挽救这部分失落的灵魂，可以澄清社会风气。

我更没有想到，在安阳的马路上等红绿灯时，可以得到旁边陌生人的免费包子吃。河南大姐的热情大方，彻底改变了我对河南人的习惯认知。

10 年后，重走这条路，有太多太多的意外。这让我不禁感叹这 10 年我国经济社会发展速度之快，人民生活水平改变之快，各种社会现象杂生之快。我们还有很长的工业化、城市化之路要走，希望我们的国家能兼顾经济、社会、生态三方面的可持续发展之路，逐步走向富强。

第三篇
捆载而归：山西、河南游学成果展示

游学的成果十分丰硕，老师和同学蘸着真情实感写了游学日记、总结，举办了摄影展、学习成果展。我们在这里择要为大家展示。

然而游学最大的成果不是用这些具体的形式能够呈现的。因为那是视野的开拓、知识的累积、思维的深化，是与亲情同样可贵的友爱，是关注现实的责任感，是为人处世的方式、方法，是灵魂的净化、精神的升华、心灵的安慰；一句话，是学生人文素养的提升。

第一部分　教师游学日记

7月13日，北京九中“行走中国”系列游学活动的第一环——山西、河南之旅开始。行前给孩子们提出要求：腿到、眼到、心到，尽量多走走、多看看、多想想，并以此自勉。如果是求放松、求刺激，大可以去游乐园；如果是求知识，百度一下就解决了。旅游，走出去的真谛是什么？我想应该是身临其境的震撼、感知、体悟，是心灵的提升。有所思，有所感，才不虚此行。于是，记录了7天的感悟如下。逐日逐程记录，诚所谓“流水账”；记录一己之见，所以有不见森林之病。至于景点内容、风情典故，网上俯拾皆是，不待赘言。笔不能尽意处，聊附照片弥补。

7.13

从北京出发。京藏高速居庸关一段自然还要堵车，而今天一直堵到八达岭一带。这或许是所谓暑期交通高峰的原因吧。

堵车，正是眺望窗外风景的好机会。7月的燕山层峦叠嶂、草木峥嵘，“居庸叠翠”或许就由此而来，但我们更多去寻找山峦上若隐若现的长城。因为不止一次地登临，我知道那坚固严整的长城多是为开发旅游而最近重修过的，原来的明代长城被破坏得非常严重，可以说是残垣断壁、时断时续，被称为“残长城”，成为驴友们探险寻幽的胜地。古人云“万里长城今犹在，不见当年秦始皇”，而我们正可以从残存的长城去推想当年秦始皇们修筑长城的心态。

长城是否达到了御敌于国门之外的国防战略？是否体现了华夏民族封闭内敛的心态？这些自有通人达论，我只想说，如此广袤的领土，如此浩大的工程，能够想到、敢于落实长城计划的人得需要多大的魄力，而支撑他这种魄力的是多大的权力！只有对人民拥有生杀予夺的无上权力的人，才能组织如此巨大的工程建设。这能否说，长城是统治者对控制人民的绝对自信和对抵御外部入侵缺乏自信的混合产物？

如果长城只能成为后人们的旅游资源而起到效益作用，我希望长城没有存在过。请每一位来到长城的好汉们想一想：我们今天是否还在做着荒唐的决策，制造着大而无用的产品？长城尚且能成为旅游资源，今天的不科学决策却可能为后人徒留笑柄。

过官厅水库。上一次也走过这一条路，我们竟然没有注意到它。幸亏刘老师的提醒。据说，官厅水库已经不能再作为北京市的饮用水源。由此，河北境内工业污染可见一斑。学生多不理解。因为放眼望去，河北似乎还是以农业为主。仅仅沿着一趟线路走马观花，很难看到事情的全貌。

过怀来，路边有“鸡鸣驿”标识。那是现存最大、最完整的古代驿站遗迹。今天高速、铁路所走的路线正是当年北京直抵西北边境的重要驿道。科技发达了，技术进步了，修通了古代人不敢想象的高速通道，但仍然延循着古代驿路走向，这是由山川地理形势决定的。古代中央集权制度得以延续、巩固，除了从中央到地方的一系列制度框架，还得有某种技术手段支撑。驿站、驿路组成的通信网络就是其重要的技术手段之一。想到此，我们对教材上得来的概念的理解具体、丰满多了。遥望车外，山野莽莽，不见古驿身影，只能心向往之。洋河依然流淌，但陪伴左右的又有了铁路、公路，古驿应该不寂寞吧？

上宣大高速，想起宣大总督。我们走在明代九边要道上。明代对蒙古用兵可以说影响了王朝的整个命运走向。明成祖由此兴，所以迁都北京；土木之变，两任明英宗（我们应该已经经过土木之变的土木镇了，但没有注意到，惭愧！高速公路可以让我们很快到达某一地方，大大拓展了活动范围，但也容易让我们忽略很多东西）。由于军需后勤的社会化，所以晋商兴起。这是我们此行游学的一个重要课题。

过洋河。心知此洋河非彼洋河，但仍不禁想起那蓝色经典。由此感慨，商业广告对人的影响真是太大了！

到大同。云冈石窟可以说是今天大同的名片，刚进山西的时候也确实见竖有巨大的广告招牌，而到了大同市区，却看不到明确显著的指示标记。大巴车在宽阔整洁、富有汉魏风格路灯装饰的魏都大道上绕了一遭，又转到一条肮脏的乡间公路上。我只能称之为乡间公路，一会儿是积水汪洋，一会儿是尘土飞扬，一辆冒着浓浓黑烟的大货车堵在前路，我们十分怀疑那是烧木炭或是烧煤的车。

在这样烟尘滚滚的路边也有栉次邻比的新建居民楼，我们不敢想象这房子的销售情况。看来“土地财政”在大同同样起着重要作用。卖地，修楼，这就是城市化吗？如果城市化就意味着非宜居化，我宁肯不要这样的城市化。

最后，还是转到了直通景区的道路，宽敞平整，路边绿化极好。这让我仍纠缠于刚才的问题：城市化就是把不愿意让人看见的东西赶到偏僻的角落，把新鲜光丽的东西留给外人看的进程吗？

※　　　　　　※　　　　　　※

终于到达游学的第一站：云冈石窟。

在景区购票大厅等待的时候，见墙上挂着一幅复制的古画，一看便知是“虢国夫人游春图”。闲着也是闲着，便与几个同学一起欣赏起来。

图 1　于云冈石窟景区售票大厅欣赏壁画

给孩子们触动最直接的是唐代妇女骑马，我又提醒他们，画中的侍女着男装。总之，唐代风气整体开放、豪健，妇女地位较高。正是在这种文化氛围和社会环境中，才有可能出现中国历史上唯一的女皇帝——武则天。而且，唐代这种文化氛围正是继承北朝文化的结果。北齐的颜之推曾经在《颜氏家训》

中描述北朝的妇女主持家计、奔走社交的情况。北朝妇女地位较高的原因之一恐怕与北魏鲜卑族刚刚摆脱原始状态、保留一些氏族公社残余文化有关。

来到窟前。诸佛菩萨还是与两年前一样。——我竟敢说“与两年前一样”，只是因为两年前我来过这里，而他们在这里吹塞外的风 1500 年了，他们静观世事变迁 1500 年了，他们被膜拜、被破坏 1500 年了。

有几个窟正在维修加固，不能游览，有些遗憾，真是且喜且忧：喜的是人们重视保护，忧的是这种保护是否会破坏洞窟外观与整个武周山的自然和谐，很难想象洞窟上方抹一片水泥的样子。

图 2　维修中的云冈石窟

烈日炎炎，实在没有体力和心情到上次去过的“石鼓寒泉”等窟点游览，但路牌上显示新增了博物馆，当然不能放弃。

循着指示，下到博物馆——相对于山腰处的石窟而言，博物馆是沉降式的；台阶两侧的墙壁刻意用旧青砖修建，颇显沧桑。“时光隧道”的入口设计得十分新颖，馆内声光电化的展示十分震撼，弥补了藏品单调的缺憾。——恕我浅陋，云冈博物馆是我见过的最具匠心、现代化程度最高的博物馆了。

在通往博物馆的小路上立着一方路牌，上面写着余秋雨先生的一句话：

中国由此迈向大唐。为什么这么说？在回答中国历史从这里向何处去的问题之前，应该先想想：中国历史怎么就走到了大同——平城？

图 3　鲜卑族的源头——嘎仙洞外景

2014 年夏天，我到过鲜卑族的发源地——嘎仙洞。从大兴安岭地区的治所加格达奇到鄂伦春自治旗所在地阿里河，再走 10 余公里，沿途森林茂密——应该是次生林。站在嘎仙洞洞口四顾，视野极其狭窄，因为所见只是松树、桦树。想象一下 2000 年前，这里只能是所谓的“深山老林”，定有数不清的野兽出没其间，供鲜卑祖先猎取；脚下嘎仙河的水定比今天流量大，有数不清的鱼供他们捕捉。有面积达 2000 平方米的嘎仙洞庇佑，他们原本可以继续生活在这山洞中、林海间。然而他们却勇敢地走出了大森林，走向了大草原，由渔猎改为放牧，由奔走改为驰驱，视野开了，速度快了，民族摆脱封闭而开放，摆脱野蛮而走向文明；在扫荡草原后，在容纳其他部族后，已经壮大的鲜卑族继续向南迁徙，于是有了大代，有了大魏，有了平城，有了云冈。历史舞台的聚光灯停在平城 100 年。

舞台上的主角们——道武帝、明元帝、太武帝、文成帝、献文帝、孝文帝，马不停蹄地东征西讨，青齐徐兖被占领，汉族士族被迁徙到平城；秦凉西域被占领，大德高僧被“邀请”到平城。在这 100 年中，大兴安岭森林的幽深、蒙古草原的浩瀚郁积在平城，中原华夏悠远深厚的文明沉淀在平城，异域佛教文化移植于平城。

于是，有了魏孝文帝改革。向南，继续向南，迁都洛阳，到“天下之中”。

北魏的废墟上，隋朝、唐朝建立了。

有人说“鲜卑族消失了”。但是，黄河流入大海，你能说黄河水消失了吗？鲜卑族融入华夏族，鲜卑族人的血脉在隋唐人的身上流淌，或许也在你我身上流淌。

在云冈，让我们思接千古。

7.14

一早离开大同，前往太原。一路走大运高速，这是当地导游津津乐道的一条路。随着汽车南下，眼睛左顾右盼，“左手一指太行山，右手一指是吕梁”；再留心公路边的旅游指示牌，你不得不承认，“山西是地下煤炭大省，地上文物大省”，悬空寺、应县木塔、北岳恒山，这些大名鼎鼎的景点让你目不暇接。即便不是什么景点，那远处的隐隐青山惹人遐思，近处纵横的黄土沟壑让你的心绪也随之起伏跌宕，就是路两侧日渐蓊郁的植被所散发的清新气息也沁人心脾——即使你坐在封闭的车内。

我不能理解国人旅游缘何“上车睡觉”，那要错过多少好风景啊！愚以为，之所以称“旅游线路”，是因为不同的“旅游景点”是由一条条摇曳多姿、等你探寻的“旅游路线”连贯起来的。景点和路上的风景都值得期待。

而其实，不管什么样的名山大川、文化遗迹，因为它是你确定无疑的目的地，对你来说，就少了一份神秘和向往，少了一种不期而遇的惊喜——反正你有机会去近距离接触、了解它；而路边的景色，因为往往出乎你意料而带给你刺激，因为移步换景而不使你感觉厌倦，因为其可望而不可即而更有诱惑力，才更能激发你的想象力。

旅游景点好比大餐，多少会保留一点儿地方饮食特色，但千篇一律的多，容易让人生厌；而路边的景色好比风味小吃，更地道，更实惠，更激发你的食欲。

旅游景点是古典名著，厚重纯郁，值得珍藏和反复阅读；而路边景色就是小品文，轻灵秀气，是解颐去闷的良药。

旅游景点是交响诗，路边景色是轻音乐。

旅游景点是相濡以沫的老妻，路边景色是志同道合的红颜知己。

所以，请坐在车上望上一望，左手若隐若现的一线是太行，右手或明或暗的轮廓是吕梁。请眺望雁门关吧，暗暗回味“黑云压城城欲摧，甲光向日金鳞开。角声满天秋色里，塞上胭脂凝夜紫”的意境。请遥想雁门关伏击战、奇袭阳明堡、忻口阻击战的抗日风烟吧，你是否已经壮怀激烈？

※　　　　※　　　　※

中午时分到达太原，在晋阳饭店用餐，据说是上过“舌尖上的中国”电视节目的。我们虽没有吃出什么特别的地方，但想想一路过来，大同“绿岛假日饭店”之类，比三年前的整体吃、住档次都提高了，感谢盛祥旅行社。然而更要感谢党。因为听地导说，这类饭店此前都是不屑于接待旅游团队的，因为公款高档消费足够其“发财”；但“十八大”以后，公款吃喝风大减，饭馆酒店纷纷降低身段，争取各类客源，这真是消费者的福气、旅行者的福气啊。

下午，游览晋祠。周朝以来的古树，唐朝的碑碣，宋朝和金朝的建筑、雕塑，明朝的匾额题记，用其悠远的历史、卓越的技术、出神入化的艺术、沉甸甸的文化，感动着你我。感谢历代祖先的创造贡献，感谢山西人民保存了这文化瑰宝，感谢柴泽俊老先生为代表的文物工作者“修旧如旧”的文物修复保护工作。只是不愿去吟诵“晋祠流水如碧玉”之诗，因为一想到难老泉汩汩的泉水是人工制造出的效果，难老已老去，心里就不是滋味。对自然演变、气候变化我们无能为力，但过度开发、野蛮开发本可以避免。祖先留给我辈如此宝贵的财富，那么我们能留给子孙后代的将会是什么？

导游带领大家参观的晋祠景点不到景区全部景点的1/5，留给大家的自由活动时间又很少，只能健步如飞，以尽可能多地浏览一些。

从台骀庙侧拾级而上，过吕祖阁到读书台，俯瞰晋祠，大部景观收于眼底，古木苍苍掩映着斗拱飞甍，亭台楼榭点缀着园林山水，虽然几分钟急走山路让人气喘吁吁，但仍感觉心旷神怡，似乎要有些物我两忘。

下山，没有时间去拜望傅山隐修的云陶洞，穿过景宜园，看一眼已经枯竭的善利泉——很欣喜，有同学知道“善利”的出典；瞥一眼钧天乐台——一座园林中有两座戏台（水镜台和钧天乐台），可以想象明清时的戏剧是怎样的繁荣。

看了看真正的“晋祠”——唐叔虞祠。享殿里陈列着若干伎乐泥塑，外行如我也能看出是老物件，询问工作人员，答曰“元朝时候的”，难怪呈伎乐形式！杂剧发达的象征啊。这要放在其他省份、其他景点，也该成为国宝级的文物了，但在山西，在晋祠，还进不了前三名。

从唐叔虞祠偏门进入另一个院落，看殿堂内雕塑和壁画是关帝庙，出庙门看匾额却是昊天神祠。见指示牌上有唐碑，据说是李世民御笔，可惜没时间去瞻仰了。

过胜瀛楼、子乔祠、傅山纪念馆、董寿平美术馆而不入，疾步到十方奉圣禅寺。因为我只是想告诉同学，真正的奉圣寺在古代历经兵燹、重修，明初重修的寺庙在新中国成立后被拆毁，现在看到的禅寺是把附近的三座古代建筑搬迁到这里组合而成的。

围着舍利生生塔转了一圈，一行人恋恋不舍出了晋祠景区。有些遗憾，有些无奈。所谓旅游，有的旅游是偃鼠饮河，所需本就那么多；可更多的旅游是被迫蜻蜓点水，难言深度。此时，不禁想起了一首已经多年没人唱的老歌：

我想去桂林呀　我想去桂林
可是有时间的时候我却没有钱
我想去桂林呀　我想去桂林
可是有了钱的时候我却没时间

※　　　　※　　　　※

回望晋祠，但见建筑整饬、法相庄严、草木葱荣、游人如织，似乎大可以让游人赏心悦目；但匆匆一过之后，总有种失落的感觉，应该是晋祠缺少了一点什么东西，一点能打动心灵的东西。晋祠无言，我只能苦苦追问自己的心。

是的，当年的晋祠泉水踊跃，生生不息，潺湲于山石草木，环带于楼台亭榭，撩拨着文人学士的诗情画意；更重要的是，它灌溉良田万顷，滋润三晋大地，晋祠多有生命力啊！如今，善利泉完全干枯，难老泉也是人工水流。晋祠少了生命之源。

是的，当年的晋祠三教俱荣，香火旺盛，善男信女带着虔敬，带着期冀而来，带着安慰，带着满足而去，不管是多么势利的心，多么痴愚的心，多么骄狂的心，多么恐惧的心，来到晋祠后得到的都是宁静平和，因为晋祠是有信仰的，哪怕是迷信。如今的晋祠，游客喧嚷，但只是猎奇，然后呼啸一声，带着一颗浮躁的心奔赴下一个景点。如今，晋祠缺少了信仰。

是的，当年的晋祠文人流连，吟诗题字，抒发性灵；学者隐居，昼读夜思，苦心炼志；或藏诸名山，独善其身；或徘徊水侧，濯足濯缨；或著书立说，纵论今古；或雅集高会，指点江山。晋祠，是有精神的。而今，它只是一个展示的平台、一个牟利的工具。

是的，不多大的晋祠中有两座戏台。想一想那灯火通明、管繁弦促、人头攒动、粉墨登场的热闹场景吧。台上戏里演绎人生，台下人生恍然如戏。唱得情真意切，听得如醉如痴，日常的辛苦、欢乐，心底的温情、烦恼，都付与那高亢入云的皮黄梆子，都付与那惊天动地的叫好喝彩。晋祠，它不是不食人间烟火的桃源仙山，它是有生活的。

它确也经历过房屋倾圮、庭院荒芜的衰败萧条时期，但更多时候它是有生活基础的，有生命的，有灵魂和精神的。我呼唤晋祠的新生，不只是建筑规模，不只是门票收入，不只是游客人数。

※　　　　※　　　　※

下午第二站是乔家大院。乔家大院随着电影《大红灯笼高高挂》而走红，随着电视剧《乔家大院》的热播而走紫。其给人留下深刻印象的有二。第一，整个大院里你看不到爆发富商家族的虚华肤浅，每一处楹联、匾额都浸透着修身养性、教子齐家的儒家理念。第二，乔家与官府大员交结的痕迹。前者，给现代商人以启迪——如何讲诚信、讲公益以避免乍富乍衰和如何教育培养接班人以打破“富不过三代”的魔咒，打造百年、数百年老店；后者，给现代商人以警醒——如何处理商与官的关系，依靠还是依附政治？

傍晚时分，到达平遥古城。

7. 15

今天到平遥附近游览。首先是双林寺。

图 4　双林寺门前的牌楼

双林寺与镇国寺一样，是与平遥城捆绑纳入世界文化遗产的，虽然离城只有数公里，但冷清多了。在当地一位朋友带领下，经过一条异常艰难的乡间土路到达双林寺，“门前冷落车马稀”，但奇异的是见到两位白人妇女在寺外的广场上骑自行车。进门后，恍惚了一下，正对大门有一个大殿，殿前廊下有一千手千眼观音坐像，明显是仿制品；右手一座高台小厅，古朴陈旧，门窗扃锁，别无余物。正失落间，才看到左手一道厚重的青砖墙上开一拱形门洞，门洞边的墙体上镶着石牌，上书写着“双林寺”，彼时明白原来我们还没有得其门径，刚才的收费入口只是过去寺前路口的牌坊，怪不得安装着难看的大铁门。

穿过拱门进入寺内，迎面大殿应是天王殿，檐下悬挂“天竺胜境”匾额，廊下分列高两米有余的金刚力士塑像，有学生样的青年人正对照塑像实习模塑。

殿内的塑像更多，中间的主佛像虽然色彩斑驳，透出沧桑，但背光装饰极尽纤巧繁复之能事，不知这在当时得有多奢华而荡人心魄！

图 5　古朴的殿堂

图 6　瑰丽的雕塑

穿过殿旁小门进入第一进院落，其间正殿、配殿的建筑简洁有力，大柱粗梁，髹饰全无，古朴大方，真是历史文物应有的气象。然而每进入一殿都被震撼一次，原来我闯入了一个彩塑的宝窟。有的殿内，主像两侧站、坐陪侍三行两列，从左到右，从下到上，柱子上、梁檩上塑出殿阁、山峰、海浪、祥云形象，数百上千的神灵形象依偎其间，形成了一个神仙世界、一个神仙大会。纷繁的神灵塑像让每一个来到此处的人目眩神迷，仿佛真的来到天竺灵鹫，一种敬畏和期冀油然而生。再者，殿中满布塑像，供信徒顶礼膜拜的空间极小，而在这拘束的空间内应该更能感受到来自神灵的逼仄。

这是一个只给信仰留空间的地方。

第二进院落正殿是大雄宝殿，主殿内塑像体量巨大，不仔细看会以为是木雕。有一座配殿干脆就叫千佛殿——你可以想象那群仙毕集的盛大场面。第三进院落主殿是娘娘殿，供奉一系列送子娘娘塑像。其可能特别受人喜欢，不断有人装饰重修，艺术风格大不如其他殿塑像。

出寺前，询问在此实习的学生，他们在此观摩 10 余日了。他们每天享受着这样的文化盛筵，太幸福了。而我们只能匆匆与双林寺、与 2000 多尊彩塑说再见了。

※　　　　※　　　　※

匆匆吃过午饭后，奔赴绵山。

我对绵山的了解主要是介子推的历史故事和寒食节由来的传说，认为其是放一把火就烧掉的小山，再加上从平遥、介休出来一路地势坦荡，也就没有抱多大的奢望。到山门后，朋友的自驾车停放在停车场，换乘景点专用车，我以为是景区谋利的手段，但听朋友说，是安全需要，特别是雨天，自驾车绝对不能进山。

绵山景区据说有 75 平方公里，仅就已经开发的景区，也需要 3~5 天才能遍览，限于时间，我们乘车直驱绵山核心景点——云峰寺。

来时路上，朋友屡次夸耀绵山为“人间仙境”，当时一笑了之。上山后才发现其名不虚传。特别是因为下雨天，雾气极大，汽车好像在云中飞行，左手边岩石上偶尔会看见“万丈悬崖”的警示，而右手边只是腾腾的雾气，只能从车子左右盘旋的行进状态判断山路极陡，但看不见悬崖也好。

又换了一次车，直接停靠在云峰墅苑门口。这是一个依山甚至有些地方是开山修建的现代化宾馆，高 10 余层，但幸好外观全部仿古，与旁边自然风光和庙宇建筑能和谐一致。乘电梯直接上第 10 层，通过一侧的平台进入云峰寺——因为面对一个大山谷，时时吹来云雾；也叫报腹寺，因地处报腹峰——面东朝西的两臂山峰怀抱中是一个天然的大石洞，寺就修建在石洞中。石洞两侧的建筑其实也在形如巨口的崖窝中。除了壁顶滑落的几滴水珠，时紧时慢的雨淋不到大部分建筑。看着潺潺的雨帘，只能感慨这里别有洞天。

图 7　别有洞天

云峰寺主要供奉空王佛，据说是俗姓田、内地成佛的第一人；配殿有马鸣殿、元代焦居士及其外甥某和尚的塑像，与空王佛像一样都是真骨包身，而且附近的正果寺里还有唐宋以来真骨包身塑像10余尊，这也是绵山文化的一个奇观。

绕出云峰寺，到铁索岭。因为山岭上悬挂着两条铁链。据说唐以前就有，元代焦居士进行了重修。沿着铁链能看到比较光滑的石窝，应是抓着铁链攀岩时脚踩踏而成的。现在在旁边壁立的悬崖上安装了400余阶栈道悬梯，能够较容易翻山，不需要攀索而上了。于是我心里有些纳闷，山顶上或对面山里有什么东西值得人们如此费力攀爬而去？

图8　绵山云雾

我们登悬梯而上，但全无“一览众山小”的气势，因为雨停雾起，能见度极低。在“空王灵应台”上的“凭虚亭”俯瞰山谷，但见茫茫一片，风起云涌，团团扑面而来。脚下近处的亭台、远处的山崖，忽隐忽现，真有浩浩陵虚的感觉。一时间，不知道是大地在升腾向上，还是天空跌落人间，总是天地混同，无物无我。我想沉静，但变幻的云雾惹得我心绪沸腾；我想呐喊，云雾里飒飒松声又让我保持安静。李白“青冥浩荡不见底”的描写本源于绵山吧？苏轼“我欲乘风归去”的灵感也来源于这种体验吧？

下山，与朋友戏言，退休后，不辞长做绵山人。

※　　　　※　　　　※

傍晚，回到平遥，找到团队下榻的客栈。同学们正在庭院里举行辩论比赛，议题是旅游开发中政府和市场的作用问题，很客气地推我做总结发言。我不客气地接受任务，在紧扣教材、高考要求而做了总结陈述后，我用刚刚游览绵山所得的信息告诉孩子们：教材结论是用来记忆、应考的，现实才是真正应该思考和探寻的。

图 9　难忘长泰永客栈

晚饭后逛平遥夜景，聊作补偿。

一下子好像又回到了两年前，物与人依旧，连心情亦没有改变：感动，为那种厚重；陶醉，为那种优雅；欣喜，为夜幕下不经意地出现在面前的一处处庙宇祠堂、牌坊楼阁；钦慕，为那些淡定执着的剪纸、泥塑手艺人；温暖，为灯光下喧闹的讨价还价；还有淡淡的忧伤，为古城依旧年轻而自己的年轻渐渐不再。

7.16

一早辞别长泰永客栈，辞别平遥古城，一路南下、西进，去吉县，游览壶口瀑布。

沿途的地名看着就让人心动：灵石静升镇，霍州太岳山，陶唐峪乡，兴唐寺乡，洪洞大槐树，尧庙，都是历史感厚重的地方。晋南旅游定位为“祖根文化”，良有以也。

中午时分，到达壶口瀑布景区，因为晴空艳阳，天气炎热，时间也充裕，所以留了两个多小时的午休时间。来到黄河边上、壶口脚下，怎能躲到宾馆里休息？于是，老夫聊发少年狂，一个人下到河边，信步而行。

如果驾一苇顺流而下，可以回到我的故乡；但我没有那样的本事，而且吸引我的是壶口瀑布。黄河水往下流，我往上走。因为上游刚下过大雨，河水甚至难以说是水了，是泥流。这比水更有质感的水翻腾着，呜咽着，卷起一个漩涡，旋又消失，在下游几米的地方再次形成一个漩涡。这裹挟着多少的泥土啊。悬在下游人民头上的悬河，千百年来的一次次决口、改道，已是人所共知的了。时至今日，山东等地百姓还要年复一年负责为黄河“清淤”，近年来实行了机械化作业，人们的力役负担减轻了，算是技术进步带给人们的福利；而在我小的时候，“不挖河”甚至成为父母激励子女好好读书、跳出农门跳过龙门——而我现在就走在龙门之上——的重要理由。今天，泥沙隐患仍在，更令人忧虑的是，仔细看阳光下的黄河，河水推搡着两岸，崖壁反推着河水，再一齐滚滚而下，在河中央拧成一股水辫，而那股水辫似乎飘着油花，甚至一阵阵能闻到柴油气味。这应该不是我的错觉，河滩上隔三岔五就有抽沙作业的机械，抽砂泵、挖掘机、大货车，河滩上堆起一座座沙山。对母亲河的管理、保护仍然抵挡不住追逐利益的破坏。

然而也有令人眼前一亮的景象。在陕西一侧的对岸山崖上，有一股清亮的水形成小瀑布流下，它最终会流到黄河里。或许，这只是近日雨大形成的水流，谈不上是黄河支流。然而在中游有这样清澈的水注入黄河，总是让人看到希望。陕西境内绿化和水土保持成就非常大，20 年前延安等地就开始封山育林，前年游览时，从军渡过黄河，经绥德、子洲，沿线仍有在坡梁原峁上种庄稼的，但也见新栽的枣树；靖边一带沙漠基本固化，绿色随处可见；但转道安塞、延安、黄陵，公路两边满眼是绿色，几乎看不到黄土高原的苍茫雄浑景象了；在延安去往枣园的路边，有市民提着各色水桶接山泉水。在延安北堵车，与当地大货车司机师傅聊天，他们对家乡绿化效果尤其经济效益非常满意。自西安经韩城返山西途中，绿化也非常好，所以，今天我能看到对岸清亮的流水。如果黄河中上游两岸都能像延安、韩城这样，我看用不了 20 年，河清可俟。

远远地已经望见左前方黛青色的山腰间一团黄色的烟雾，我想那就是瀑布所在了。不顾烈日炎炎，加快了脚步。在能听到瀑布轰鸣的地方，乱滩横流，一股浊水斜刺里冲出，注入黄河，形成一个小瀑布，原来前几天上游大雨，河水泛滥，从壶口瀑布旁侧泄流。这横生河滩上的河阻挡了我继续前进的步伐，打破了我先期潜入景点的幻想，眼看集合时间快到了，我只好一溜小跑赶回驻地。

灌一肚子凉水，坐上大巴，与大部队一起再进壶口。

来到瀑布不禁暗自庆幸，前两天的水太大了，吉县这侧从河岸到瀑布边修有连拱长桥，桥下还在流淌的水告诉我们，此前这里也是洪水汤汤，而如果水这么大，瀑布那里水太厚也就没有瀑布了。2014 年从陕西一侧看瀑布，可以下到近乎瀑底仰视瀑布，颇为震撼。现在，陕西一侧瀑布外的河滩上还是黄水漫漫，游人根本不能接近瀑布。而我们还可以居高临下仔细审度瀑布。

浊流义无反顾地向前涌，遇到岩石的阻挠，气愤地爆炸成盛开的泥花、怒放的烟火，跌落，拧成一个个漩涡继续向前，又争着高出别的水一头，像炸群的马，飞奔，冲撞，跌下悬崖，粉碎成亿万颗泥珠溅起，跌落，蒸腾成一团团黄烟、黄雾，飘散。无涯无涘的水全挤到一块，一齐奔腾，跌落，冲撞，咆哮。壶口瀑布的美只能是力量，原始的力量，无穷的力量，永恒的力量。

图 10 与黄河合唱

不知哪位同学提议，大家合唱《黄河大合唱》。四散的同学被召集起来了，河滩上捡起一根柴草作指挥棒，记不住歌词的打开手机搜索出来，席地幕天，滩石作舞台，青山黄烟作背景，瀑布伴奏，唱了一遍又一遍。这是属于壶口瀑布的歌，属于黄河的歌，更是属于中华民族的歌。看瀑布，唱“黄河”，才能理解瀑布边立石上为什么要写“民族魂”三个大字。

夜，枕黄河而眠。

7.17

自晋至洛道上戏作之一

朝辞壶口去，午至洛阳餐。
驱车七百里，还在黄河边。
问君何能尔，黄河大拐弯。
取道解与陕❶，三角走斜边。
无由拜关帝，愧他义薄天。
渡河上连霍❷，不觉过崤山。
借问新安吏❸，千唐志❹可安？
邙山累累丘，可奈洛阳铲？
金谷名犹在，石崇❺知何边？
王城❻成大道，伊洛水溅溅。

※　※　※

❶ 山西运城，古称解（当地人读如“亥”）州，是关羽的故乡；河南陕县，古称陕州，今属三门峡市。

❷ 连霍，连霍高速。

❸ 河南新安县，位于洛阳通西安的交通要道上，古有新安驿，大诗人杜甫有名作《新安吏》。

❹ 千唐志斋位于洛阳新安县铁门镇西北隅，是辛亥革命元老、第二届全国政协委员张钫先生所建，是中国唯一的墓志铭博物馆，以珍藏2000余件墓志铭及历代名家书画、石刻而闻名遐迩。这里的收藏主要以唐代石碑为主，内容涉及皇亲国戚、相国太尉、郡王太守以至处士墨客、佛僧道士、宫娥彩女等各阶层人物，为研究唐代社会历史提供了珍贵的资料，被史学界称为“石刻唐书”。

❺ 晋代石崇金谷园以豪奢著称，现在洛阳火车站附近有金谷园社区、金谷园路等地名。

❻ 周都洛阳，又称王城，今洛阳市区有王城大道。

自晋至洛道上戏作之二

仰韶土成陶❶，
用作渑池缶。
且问路上人，
但知盛美酒。

※　　　　※　　　　※

洛阳街头多栽牡丹❷

当年十户赋，
如今寻常花。
花神何慷慨？
与乐平民家。

下午，游龙门石窟。龙门伊阙，果如其名。石窟景象，却有点让人失望。崖壁上蜂巢一样大小的窟龛，多半空无一物；残留像阙头断臂，伤痕累累。想当年，龙门因其近水楼台，先得皇室贵族宠爱，盛极一时，也因其近于人世而易遭掳掠破坏，以致残破如斯。幸好，奉先寺大佛还在。

图 11　卢舍那佛与美女教师

真不愿意听导游把卢舍那佛与武则天的形象联系起来。她只是一个不谙世事的贵妇，幽静娴雅，怎会去日理万机、应对俗务？她只是讲坛上兢兢授业的美女老师，怎会去钩心斗角、忍于杀伐？她只是餐桌旁宽容温厚的中年母亲，孩子的小小调皮也只能惹她佯装蹙眉而嘴角却流出笑痕，怎么能忍心用匕首驯服烈马、为夺权而噬子、为固权而用酷吏？她只是修道成佛的人，她只是偶落人间的佛，在她眼里，唐宋元明的杀伐更迭只

❶　注：进入河南境内，高速公路两边有很多“仰韶彩陶坊”的酒广告，由陈凯歌代言。试问：还有多少人会关心仰韶文化，想起渑池之会呢？

❷　注：白居易有诗《买花》讽刺权贵炒作牡丹——帝城春欲暮，喧喧车马度。共道牡丹时，相随买花去。贵贱无常价，酬直看花数：灼灼百朵红，戋戋五束素。上张幄幕庇，旁织笆篱护。水洒复泥封，移来色如故。家家习为俗，人人迷不悟。有一田舍翁，偶来买花处。低头独长叹，此叹无人喻：一丛深色花，十户中人赋！

如伊河水，波澜不惊；多少代人的喜怒哀乐只是香山云，且卷且舒。她只是美在沉静，美在永恒。

但佛教遗世独立的精神至此也走到头了。佛教的世俗化进程无可转移地开始了。万佛洞洞口南侧被誉为“八小时以外的观音”，神性居于次位，人性中的闲适优雅占了上风。她对面的一处菩萨，身边有一个憨态可掬的婴儿形象，这简直成了“居家菩萨”。

※　　※　　※

伊河对岸，香山琵琶峰坐落有白居易墓园。在白园，孩子们品读白诗，到墓前鞠躬致敬。比起香山时期的虔诚、闲适甚至无聊，我更喜欢中年以前的白居易诗。幸好，孩子们读的是《观刈麦》《琵琶行》。当然，生活的优越让白居易忧民诗不像杜甫那样沉郁痛切，但白居易终究是白居易，他还是心系百姓，只是无能为力，“不能救疗生民病，即须先濯尘土缨”。他信佛，组织“一时上升会”，要上升到弥勒境界，对面的千百石窟却没有入他的法眼，或许是他嫌恨那劳民伤财？

7. 18

上午，参观洛阳博物馆。后半程，自己当导游。没有想象中的稀世珍宝，整体感觉与洛阳古都地位不相称。国家博物馆——河南省博物馆——洛阳市博物馆，中国的博物馆也要有行政级别吧？收藏文物也是分等级的吗？

※　　※　　※

下午，拜谒二程墓。

虽然早有心理准备，但所见所闻仍让人心惊胆寒。墓地所在的植物园大门紧锁，多番敲门喊叫没有动静，千呼万唤出来一位还拒绝开门，多亏当地导游聪明，谎称是北京来的领导视察工作，大门终

图 12　二程墓景区大门

于被打开（供步行的小门随意出入）。

墓园两重天地：一半是未完工的新区，祭坛巍峨，翁仲硕大，殿堂辉煌，但不知为什么没有继续施工，但愿不会成为烂尾工程！一半是残破风蚀的石像生，高仅一米有余，东倒西歪于瓦砾荒草间；墓冢倒也完好，冢前砖地上丛生的杂草表明这里人迹罕至；祠堂规模拘束，应是封建时代礼制所限；正殿是新近翻修的，塑像簇新，俗气晃眼；号称御笔的“学达性天”“希踪颜孟”“伊洛渊源”，至于到底是哪位御笔众说纷纭，但似乎都是复制的。

图 13　二程墓园

而正因为如此，我们来拜祭二程先生。

遗憾的是，专修哲学的政治老师因故未能成行，我对二程哲学所知甚浅，凭借历史教材上得到的一点常识，不敢在二程墓前再给孩子们贩卖。但昨天拜谒白园提醒我，应该对先贤说点什么。夜不能寐，草成《祭二程文》，不揣浅陋，宣读如仪：

公元二千零一十三年七月，北京九中师生四十余人游学至洛。赏佛教遗窟，惊游人蚁集蜂聚；拜儒学殿堂，悲行客寥若晨星。昔人立雪，今我谒园，诵《秋日》之诗，忧绝学不继。

遂以鲜花以祭之。祭曰：

河洛伊瀍，钟灵毓秀，
二程遗教，光前裕后。
理与气辨，或有偏漏，
性与命明，天人参透。
千载一脉，民族是赖。
屡仆屡起，生机常在。
今我来矣，高兴咏怀，
学之习之，时不我待。

自己也不甚满意，尤其是第二段，只好请二程先生见谅。今后游学一定做好功课，有备而行。

离开二程墓，赶往安阳。沿二广、长济、晋新、京港澳高速，经过会盟镇——周文王孟津大会八百诸侯的地方，修武县——周武王整军修武的地方，获嘉县——周武王同盟、牧誓的地方，新乡市——牧野所在，淇县——商纣朝歌，安阳——商都殷墟。

也就是说，我们正好沿着当年周武王伐纣的进军路线前进。

夜宿安阳火车站旁酒店。

7.19

安阳记事

夜宿安阳站，侵晨人声喧。
初闻似晨练，细听不一般：
整齐有节奏，时时花样翻，
嘹亮有中气，定是青壮年。
开窗看究竟，惊呆小伙伴：
有男也有女，少年美翩翩。
广场人熙熙，如置无人间。
一字排长蛇，互相敲背肩，
一按一吆喝，一敲一呐喊，
首尾怎兼顾？一齐向后转。
按摩仅热身，忽又围成圈，

手中持宝书，一人当中站，
手舞足蹈处，口中还念念，
忽地拔嗓门，众和声震天。
舞毕回圈上，他人轮流转。
颇能娱耳目，行者侧目观。
投入太认真，如狂又似癫。
饭后出旅店，表演意阑珊。
上前询究竟，早课搞宣传，
所营是什么？汽车美容院。
或疑非乡音，匆匆去不见。
心中正疑惑，耆老对我言：
此中无他故，传销把人骗。
猖狂乃若此？为何不痛歼？
小鱼不屑抓，养大成美餐。
曾有大传销，成员逾百千，
每逢上午会，包场电影院。
法网突收紧，拘留又收监，
这些非关键，关键是罚款。
多者一两万，少者三四千，
罚完大事吉，其人云遣返。
我悲年轻人，歧路而忘返，
歪门思暴富，不觉涉危险，
专骗亲与朋，道德无底线。
发财要正道，劳动是根源。
我悲执法者，利益驱动转，
无利不起早，养虎成大患，
法者天下法，岂成利益渊？
法者神圣法，岂容利益玷？

※　　　　※　　　　※

上午，参观殷墟遗址。地面有限的仿商建筑、遗址的回填保护与模型再现、博物馆沉降地下的设计都很用心，不像一些仿古公园里用红砖水泥包裹建筑遗址基础那样没有文化、破坏文化。然而著名的甲骨文墙弄得太草率了，首先是解释文字部分错别字连篇，读来倒胃口；其次是直接用简体字释读甲骨文，没有用繁体字（个别也有用繁体字），很多时候不能反映甲骨文造字的真趣。

触摸商代历史，震撼最大的是甲骨文的刻写。

过去一听“刻写”，总以为是粗枝大叶、长枪大戟式的，没想到大多数甲骨文都是纤细如发丝，工整而秀丽，说是刻写，简直是微雕工艺品。现今人们连硬笔都懒得使用，毛笔更是不入门径，想想商代的人用铜笔在甲骨上一笔一画的刻写，一丝不苟，经年累月，怎不让人惭愧！对此，只能说信仰的力量太强大了，而今天的人太浮躁了。

※　　　※　　　※

下午驱车汤阴，拜谒岳飞庙。

近来，电视剧《精忠岳飞》正在热播。我真想坚持看下去，看看该剧如何塑造岳飞。但两度打开电视，都被其粗糙的剧情处理恶心倒了，不能卒观。第一次打开电视，恰逢金兀术和粘罕摔跤情节，金兀术胳膊上的刺青满是洋字母；第二次打开电视，只见徽钦二帝被俘到北方，向金国皇帝哀求，口称“太宗皇帝”，而金太宗还活蹦乱跳地在他们面前啊。可见，电视剧制作得不用心，即便有很好的立意，凭这样心浮气躁的制作也不太可能完整清晰地表达出来。

在我们等待买票进入的时候，看到有另外一个学生团队在庙内参观。非常欣慰，我们并不孤独。让尽可能多的年轻人能到岳飞庙里感受英雄气概、报国精神，让闲来无事的大爷大妈们看《精忠岳飞》解闷子去吧。

岳飞庙外街店的招牌匾额书法普遍较好，有一种与古建协调的气氛。但仔细看，这些铺户业务多风水算命占卜预测之类。为什么汤阴多算命先生？转回安阳的路上，很快就找到答案了：隔壁就是汤阴羑里城，“文王拘而演周易”的地方。

※　　　※　　　※

岳飞庙游览结束后，时间还早，带队老师与旅游公司商量，临时加一处景点，想去袁林——袁世凯墓园。我心里有些不以为然，更倾向去中国文字博物馆，据说那是除北京之外全国唯一的国家级博物馆。最后少数服从多数，去了袁林。然而没想到，袁林给我的冲击如此巨大，收获如此之多。

最重要的是，对袁世凯有了新的认识。

近来有一种“重读”中国史尤其是近代史的学术思潮，我也知道袁世凯的一生不能以“窃国大盗”四字论定了之，对教材的相关叙述也常怀警惕，但囿于见闻，懒于读书，对真实具体的袁世凯还是没有充分了解。现在学者们为袁世凯“翻案”，更多地集中在复辟一事上，或曰情不得已，或曰受小人蒙骗，或指出其并非完全复辟封建专制，而是要行君主立宪制，等等。对于这桩大公案，区区如我无缘置喙。根据袁林中生平介绍所见，有如下两点足以弥陋补缺、纠偏反正。

图 14　袁世凯石翁仲

第一，袁世凯从来志存高远，雄心勃勃。其 15 岁写诗竟然说“只等毛羽一丰满，飞下九天拯鸿哀”；19 岁写诗说“人生在世如乱麻，谁为圣贤谁奸邪？霜雪临头凋蒲柳，风云满地起龙蛇。治丝乱者一刀斩，所志成时万口夸”，人生观基本成熟，而一生行迹正是此诗的践行；晚年被迫退隐彰德（安阳），表面寄情于山水，却夫子自道：“漳洹犹觉浅，何处问江村。”袁世凯绝非其最后失败和“大头”所留给人们的印象——庸俗粗鄙之辈，而正如同时代人的评价——“虽不学而有术”，是有抱负、有能力的人。

第二，袁世凯在 30 余年的宦海生涯中是有建树、有功绩的。总理朝鲜，编练新军，兴办学校，提倡立宪，发展实业，维护统一，等等，不能以其晚年一时错误而一概抹杀。

袁林中还有一景颇可发人一笑，就是墓道两侧与时俱进的石翁仲。因为是民国的总统，再立高冠博带的古代翁仲形象不合适了，于是创造性地用民国文武官员的形象代替。但这不是可笑的，可笑的是翁仲的形象粗矮短胖，比例失调，面无表情，包括动物形象也是臃肿呆板。莫非因为袁大总统是这种身材，为他守灵看墓的石人、石马也不能比主人苗条了？

但发笑之后还须沉思。所谓一个时代有一个时代的艺术。袁林石刻虽然绝不能说就代表了民国时期、北洋时期的艺术，但“一滴水反射整个太阳的光芒”，它还是折射出那个时代的三个特点。第一，那是传统文化突然中断的时代。百年的被动挨打，使国人对传统文化失掉了自豪和自信；虽经长期向西方学习，但不可能全盘接受西方文化；中西文化的交融还没有达到游刃有余的地步。于是，出现不土不洋、不伦不类的创作。第二，那是国力衰落、政治动荡、人的基本生存都成问题的时期，能躲进小楼成一统潜心创造艺术的少了。普通手工艺者生活艰难，缺少必要的艺术传承和进修，照猫画虎的痕迹浓厚。第三，那是国家权威下降、政令不行的时代。袁林虽说规模宏大，但在建设过程中敷衍塞责的因素总是存在的。它没有霍去病墓“马踏匈奴”的粗犷豪放，没有昭陵六骏喷薄的生命力，没有颐和园石舫的华丽精致……我错了。它根本就算不上艺术品。

※　※　※

在袁林的一个角落里，草丛中有几处断碣残碑，走过去细看，有一块残石上刻有“庞炳勋”云云。那是曾经在河南驻扎的军阀，曾在抗战中立过赫赫战功，但晚节不保，投靠汪伪政权当过汉奸。袁林整体尚完整，而有庞炳勋名字的石碑早已残破，恐怕与其不光彩的投敌经历有关吧。“假使当年身便死，一生真伪复谁知?”包括袁世凯在内，在人生道路的抉择中，即便到了晚年，也还是一招不慎，满盘皆输。可不慎哉!

图 15　袁林一角

7. 20

返京。

全程 2500 公里，我们在祖国的心脏地带画了一个圈。

第二部分　学生游记选编

一、学习篇

我们是以游学的名义出来旅行，学习的环节定是少不了的。你要是以为只是游玩时顺便说说，那就真错了。出发之前，每个人都有相关的任务，要找到尽量准确且精练的答案。旅途中，每天晚上都有对一天中问题的探讨和总结。对于这个环节，我们是既爱又“恨”，爱是因为我们必须承认这是增长知识的过程，“恨”是因为游览一整天后还要坐在一起思考问题，大概每天只有睡觉是最令人放松与惬意的事了……不仅是老师为我们讲解各种知识，我们自己也要小组讨论，并进行汇报与讲解。

——刘荔昀

游学开始前的准备活动中，老师发给我们学案，让文科同学分工合作，查找景点资料，游学时为大家讲述。我收集的是乔家大院的资料，从最初的准备工作到实际游览乔家大院，再到最后的温习讲解，我从来没有像这样认真地查询、学习一个地方的文化。通过认真的准备和游览，我发现对这一地方的了解多了，也便更加感兴趣了。我想，学习也是如此，只有深刻理解每一个知识，产生浓厚的兴趣，才能达到融会贯通的效果。老师常说，要学出一种感觉来。我想，这就是开始。世上无难事，只怕有心人。

这一路，有艰辛也有快乐，但收获最多。知识就像是以图画书的形式深深地镌刻在了我的脑海。书本知识得到了印证，认识也得到了提高，不虚此行。

在这次的活动中，尤其让我感动的是认真负责的老师们。特别是历史付老师，总是抓住每一个细小的机会为我们耐心讲解，在车上、饭前、饭后时常会有老师讲课的身影，总是想着为我们多补充一些书本上学不到的课外知识，想尽可能地把他知道的都告诉我们。走上社会，博学多识、有内涵的人才不会被社会淘汰。

——董玟悦

图 1　探讨至深夜

图 2　向导游请教

图 3　旅途学堂

图 4　请教老师

首先我很感谢老师们所安排的分小组讲解、总结知识点这一活动。这一活动不仅让我感受到那种全身心投入一件事情时的充实感，又让我体会到身负重担、努力想要为集体做些什么的那种兴奋以及之后的满足。在此次我负责准备安阳殷墟社会生活部分的知识点时，我第一次抱着激动的心情多次查找资料，反复核实自己的答案，生怕出现错误而误导大家。虽然最后的答案不到200字，我说出来的时候由于时间问题临时精简到了100字左右，不到5分钟就结束了，但是当我看见同学们认真听我讲、埋头记笔记的时候，我觉得我之前的付出是很值得的，这让我有了深深的满足感。——李硕

图5　在现场印证书本

旅游，说得咬文嚼字些就是人们为寻求精神上的愉快而在空间上从甲地到乙地的行进过程，本身更偏重于行，且有观光、娱乐的含义。而游学，在某种程度上更接近于一种有意义的深度旅游，在学习中放松，在游玩中学习，并要学得深刻。真正意义上的游学，则需要做到老师所说的三个境界——身到，眼到，心到。

说起参观一个景点，我们人到了，即身到，这里便不必多说。至于是走马观花、轧马路似地一逛，还是带着发现、有所怀疑的眼光去观察，眼到就显得尤为重要。云冈石窟随年代更替，佛像服饰就有许多改变，已经有汉化

痕迹的褒衣博带、袒右肩或通肩的衣服，又如其中的菩萨像由前期如同甘地一般的简单裙衣，到后期的庄重。正所谓艺术源于生活，这就是很好的现实依据。同时，包括我在内的很多人也关注到佛像手势的不同。后来我查了一下，其中有不少讲究，样式起码有上百种，最广为流传的是“释迦五印”，寓意也各有不同。佛教流传至今总有它的道理，手势、服饰算是其中的一个点，这一个点也能讲上很长一段时间，更显现出它的博大精深。

最高境界心到，是说得最简单，却又是很难做到的一件事，需要不断地思考与概括。课本上学的知识终是死的，往大了说要理论联系实际，也就是我们在到过、看过后，是否能把学到的知识用起来，进而得出些许的感悟。云冈石窟体现出的佛教与王权在政治上的冲突，以及佛教与道教等在宗教上的冲突，即文化冲突。其实放到现在，政治冲突、军事冲突往往是对文化冲突的故意夸张，看起来很激烈，实际上反而比文化冲突更容易解决，这也是巴以冲突始终不乐观的一个原因。同样，有很多东西在最初见到的时候，总是觉得不值得一提，其真正的价值可能要很久之后才会显露出来，而慢慢浮现出来的这个过程，就是我们将接收到的信息总结、整理、领悟，逐渐内化为自身东西的过程。

游学中的一个学字，其实很能说明问题，这让人一下子便能联想到文化。游学之旅也是文化之旅，只有将渗透在旅程中的各种文化内容、历史意义内化吸收，才能真正提高我们的人文素养。——聂雯

古人曾言：“读万卷书，行万里路。”然而对于学业繁忙的我们来说，行路的机会少之又少。因此，大家对这次游学的热情都无比高涨，我们终于能够亲眼看见只在书中读到的景象，怀揣期待循着古人走过的路，一路探寻，一路求知。就好像是跨越了千年的时光与那些古代的文学泰斗目光交汇，电光火石间已被夺去了心智，在那或沉静如水或坚毅隐忍的目光中沉沦，再升华。——姜帆

旅行的意义当然并不只是局限于应付考试、学习课本，更重要的是学习一种能力。首先，这次的游学让我学会独立。离开父母的庇护，离开熟悉的城市，我学会了照顾自己，学会了放弃依赖。其次，我学会一种必不可少的交往能力。沉迷于书本或许可以让你取得优异成绩，但是学会沟通与交际才会让你在社会中立足。在这几天的生活中，我学会了与陌生的同学交流，与老师沟通，与服务人员交际，这种能力不是书本和课堂能教会的。最后，我学到的是一种发现问题、思考问题的能力。在旅途中，我发现二三线城市的楼盘如雨后春笋般迅速发展，原因也许是国家政策，也许是巨大利润的驱使。

图 6　实测黄河含沙量

图 7　记录历史的景区道路

当旅游景点中的某些地方规划不当时，我们会思考究竟是政府的调控问题还是当地百姓的自主行为……只有走出去，看到外面的世界，才会发现原来有那么多值得思考的问题，才发现需要学习的还有很多。——冯畅

感激老师们的辛勤准备和在途中的详细讲解。有的时候，真的觉得好累，好想回屋睡觉，一点也不想听课；但是每次进了付老师的房间，听同学们和付老师、刘老师的讲解，或是学案上的题，或是当天的所见所闻，再或者仅仅是一些课外的小知识，都令我兴趣盎然，受益匪浅。虽少不了抱怨，但还是很感激老师们的付出。这也是第一次感受到付老师的博学多才，以及刘老师的好学之心。还有小萌老师，每天晚上也陪我们听课，真的十分辛苦。老师们，辛苦啦。——李仕琪

图 8 凭吊白居易

我承认自己所具备的知识有限，需要学习的东西还有很多。此次游学给了我一次很好的增长知识、开阔眼界的机会。通过和老师、同学的交流，我发现自己墨水太少了。肚子里没墨水，怎能做文章？此次游学激励我要努力学习文化知识，博览群书，增强自身的文化修养。

我是一个不大善于和人交流沟通的人，看着别人三五成群热络地谈天论地很是羡慕，同时又自责于自己的胆怯与懦弱。而游学拉近了我和老师同学的距离，也让我改变了以前对他们的看法。我想，游览祖国的大好山河会使

一个人的心胸开阔，能够帮助我们以一颗包容、淡然的心对待周围的人和事。

虽已不是第一次离开家，但是已经习惯家中舒适和父母呵护的我到了异地不免有些不适，包括身体和心理上。只身在外什么事情都要自己做，自己操心。这极大地锻炼了我的自理能力。学会照顾和保护自己也是一种能力。

开学后的我们就要进入高三，再次游学的机会可能很小。但有一点我能肯定，游学带给我的帮助与启发将助即将步入高三的我一臂之力。我相信我的未来一定会像照片中的阳光一样灿烂。 ——相雪莹

这次游学路程的结束却是我求知欲望大门打开的开始。一路上，我学到了很多。路边看似不起眼的黄色罐体是装盐用来除雪防滑的；风力发电的风车不是光叶面宽就能发更多的电；山南水北为阳，而在北方山上南边的树却不一定长得好。这些都是在坐车时容易让我忽略的细节，却原来有那么多的学问蕴含其中。正是老师让我理解了每个事物存在的道理和意义，不起眼的事物也可能存在智慧的结晶。 ——张星杰

二、感悟篇

这次游学的成功举办少不了各方面的准备。无论是辛苦的老师们，为我们制定旅游路线的旅行社，还是积极参与的同学，大家都为这个活动尽了自己力所能及的一份力量。然而他们却不是我要感恩的对象。我要感恩的，是我的祖国。听起来很俗吧，但仔细想想，我们的确应当对我们的母亲——中国怀有一颗感恩之心。试想一下，如果我们的祖国并没有如此的幅员辽阔，历史并没有如此的源远流长，我们这次游学的景观还会如此丰富多彩吗？这次的游学，令我深刻地感受到祖国的伟大。无论是雕刻精美、充满佛教气息的龙门、云冈石窟，还是古代博学大师白居易、二程，当然还有气势磅礴、洗涤人灵魂的壶口瀑布，展现悠久中华文明历史的洛阳博物馆和殷墟……这一切的壮丽河山，都令我为之动容，不禁为之感慨，我们的国家如此美丽，我为我的祖国骄傲。 ——李仕琪

我们跋山涉水、苦苦追寻古人和传统的价值在于身临其境地去碰触那千百年沉淀的一个民族活的灵魂，而不是为了缅怀一段早已断代的历史。这，就是我经历游学历程后最深切的体会。 —— 姜帆

图 1　求知的眼神

坚持来源于理想。一位随团老师在游学中几次重复道：这才是我一直期待的教学模式，这样才能轻松地学习。我想，正是老师的这种教学理想支持着他们，努力地为自己和学生打造一种新的学习方式，让整个团队可以在短短数天内体味文化，补上作为中国少年必修的中华文化课。所以说，一个人想办成一件事，靠的绝不仅是单纯的“倔”，而是要找到值得自己为之付出的兴趣点，这才是奋斗的原动力。

认真来源于责任感。在活动筹备前期，各随团老师都精心准备了预习材料，以保证团队“不打无准备之仗”；后期又多次联系学生家长及旅行社，以确保学生的旅游更安全、舒适。我想，支持他们利用业余时间为此次活动忙碌的是来自内心的一种责任感，是承诺之后必须兑现的责任，也是严谨教学、使学生学有所获的责任感。

通过老师的“身教”，我明白了不论是在今后的学习还是工作中，都应该敢于创新和突破，并坚持自己的想法，认真对待每一个细节。量变是质变的基础，每完成一次小的突破，就会离成功又近了一步。　　　　——马冉

在这个盛夏，我们走出校园，开始了游学之旅。看人间百态，品千年文化，赏万里山河。恢奇鬼怪的云冈石窟令我惊叹祖先们的智慧与才华；博大

图 2　近距离观察甲骨文

深厚的晋商文化使我看到晋中人民勇闯天涯的冒险精神和敢为天下先的创造精神；藏宝无数的洛阳博物馆让我学会更多的历史知识。然而，这些都没有打动我。打动，是心的交流，是灵魂的升华，是精神的碰撞。我被打动了，在沧桑的平遥，在雄伟的壶口，在幽静的白园。

当代中学生是传承华夏文明的主力军，通过游学，我们更加深刻地理解了华夏文明，积淀了文化素养，感触颇多。我想，这将是我难以忘怀的旅程，我将带着此行中的种种收获和一颗执着的心继续人生的旅程。　——山雯雯

第五窟是云冈最大的石窟，窟内的主佛高 17 米，主佛盘腿而坐，双手仰放在腹前，右手置于左手之上，两拇指的指端相接，呈禅定印。导游说，这一手印表示神思，是内心安定之意。内心安定？这不正是我所需要的？我抬起头看着主佛的眼睛，他目光向前，越过站在他脚下的芸芸众生，看向远方。

主佛啊，我凝望着你的眼，你只是微笑着。人们在你身上刻画，在你身前拍照，你也微笑着，你是那样的伟岸与高大。你目光望向远方，不曾低下眼帘，看一看对你满怀敬畏的我。其实我知道你不是高傲，也不是逃避，我能了解你淡泊的心境，也晓得其实你比谁都清楚这世事的变化无常。你手呈禅定印，是在思考什么吗？都说参悟需要慧根，而顿悟则只待机缘，呵呵，

图 3　识读甲骨文

图 4　了解袁世凯事迹

竟不知哪个更难了。此刻的我，在你波澜不惊的眼眸中感受到了自己的渺小与从俗事中超脱的平和。

上了高二之后的我，面对的压力使我几度迷茫，找不到方向，这次期末考试的失利更是使我备感疲惫。然而在此刻，在对上你的双眼的那一刻，我仿佛收获了一颗平常之心。

人们总是“害怕失去”而“希望得到”。这种得失心非常难以瓦解。即便你我已经明白这些没有任何实际意义，但你我仍然没有办法放下这无妄的执着，不是吗？仿佛总要靠一切外物来证明自己的价值似的。每天为实现“自我价值”而奔忙，付出这么多心力——我们怎么能允许“失去”这种令人发指的事发生?！太不能了。我们如果在生活里尝试着感恩，去发现在失去时所得到的一些值得我们去继续坚持的东西，便不会因为失去而伤感，进而想要放弃了。就像你考了最后一名，你会发现你的名次不会再退步了一样。

我是失去了曾经简单的快乐，但是我收获了一颗处变不惊的平常心，就像面对考试失利，我失去了骄傲与满足，但是收获了一颗懂得低调谦卑的平常心。想起之前看过许嵩的一篇博文，上面说：“爱恨情仇应犹在，只是心态改。”

人世无常，就尽可能地幸福吧。

也祝你幸福。

——王智慧

历史是前人书写的，但更是供我们后人借鉴的。十三朝古都长安再不复当年的繁荣，而曾经的晋商又去向了何方？历史只能在博物馆中与后人交流，予人感悟。其实能供人们欣赏的已经是极好的了。大家看看云冈石窟，有多少佛像毁于战火，而殷墟中又有多少文物至今仍被外国人收藏？但现今的中原人没有放弃，他们仍在为了文物的追讨与修缮而努力。例如，破败的二程墓通过政府的大力投入即将焕然一新。这种坚持不懈、心系家乡的情感是不是中原文化所培养的呢？

同样，中原文化是不是也蕴含了坚强不屈？“风在吼，马在叫，黄河在咆哮……”一首《黄河大合唱》，在民族危难之时给予了多少军民希望！慷慨激昂的旋律，掷地有声的歌词，配以母亲河的怒吼，曾令多少中原人民高唱着“保卫家乡，保卫黄河，保卫华北，保卫新中国”的乐章奋勇杀敌！中原人民从小长在黄河旁，是不是也可以像顾城那样说出“黄河，给了我黄色的皮肤，而我却用它来创造五彩的世界”呢？

在这短短的 8 天内，我的心已经植根于黄土高原，沉潜于厚重文化。黄土与黄河水，看似浑浊的背后，却给予了人的心灵最澄澈的涤荡。——鲁澎

“游学”，这不是一次普通的旅游。“游”，游览祖国的壮丽河山。“学”，学习悠久的历史，培养人文素养，学会独立。作家刘屈艳扬说过：“要么读书，要么旅行，身体和灵魂总有一个在路上。”这次的游学是在旅游中读书，在读书中旅游，让灵魂得到双重净化。

为什么很多人喜欢旅游，甚至放弃工作选择旅游？我觉得旅游可以使你中断每天周而复始的繁杂琐事，对于平凡俗气的生活，是一种暂时的解脱。每一次出发都会遇到不一样的风景，是一种刺激，也是一种享受。我爱旅游——享受石窟中那份安静端庄的气势，佩服古时晋商那份经商的睿智，震撼于母亲河的那份磅礴，感叹中国历史的厚重……　——冯畅

乔家能有这样的成绩，离不开乔家人一脉相传的晋商精神。我敬佩乔致庸敢于冒险的精神，欣赏他那敏锐的眼光，更佩服他敢为天下先的雄才壮志。我不禁想到，在今天这样一个物质的社会，商人如云，走遍天下不仅是靠钱财，更是依其高大的形象而为人们所知。当三聚氰胺污染了蒙牛、伊利等众多品牌的信誉形象，三元乳业却因其清澈廉洁、仁义诚信而辉煌一时。由此我想，不求干得有多么辉煌，但求商人都如乔致庸一般，真正地为百姓着想，救灾济民，宽厚仁义，于己于人都有一颗善良而真诚的心。将自己塑造成一个公平竞争、诚信经营的商企，该有多好。

书本知识得到了印证，对乔家的了解更进了一步。但真正体会到的还只是皮毛。那就让我们保持一颗求知的心，继续学习、探索，直到获得灵魂的升华。只有这样，我们才算是达到了游学的真正目的。　——李仕琪

在游览人文建筑景观时，我感觉到了在北京感觉不到的时光的沧桑。我每天视线所及的北京，是被火柴盒子一样的楼房堆砌出来的，那古香古色的四合院至今我也只在电视上看见过。而这次同学们去的地方却不一样：云冈石窟、龙门石窟、乔家大院、平遥古城。那些从古代遗留下来的见证之物让我第一次感觉到了历史的韵味，以及中国古人智慧的美——石窟的粗犷之美，乔家、古城的精致之美；让我头一次赞叹古人过的生活是那么讲究，对生活美好的期盼是那么强烈。

除学习之外，这 8 天也是我上高中以来最兴奋的 8 天。长大后没有什么还能让我兴奋这么久的，好像回到了因为过年而兴奋一个月的童年。我们失去了儿时善于发现美的眼睛，对很多事物都见怪不怪了，是麻木了，也是我们改变了。这久违的兴奋让我幸福了许多，这 8 天让我收获了更多。

——张星杰

三、友谊篇

这次的游学也让我认识到了自己身上存在的一点不足，那便是与人交往方面。学习是孤独的，但是这不等于学习的人要孤傲。虽然我一直认为自己在这方面很好，但是当我看到一些理科生能和司机“东哥”在短时间内聊得热火朝天的时候，我惭愧了。他们身上的那种善于交际的魅力让我深深折服。这是一种宝贵的能力，能帮助你顺利地游走在这个社会上。面对各种不同的人，具备这种能力的人往往能处理得如鱼得水，这就叫作会处世，是我应该学习的地方。

图 1　师生友谊

作为一次集体活动，每天都和大家朝夕相处，在这 8 天里，我也更加深入地了解了身边的同学、老师们。同学们不论之前认识与否，都能够相处得十分融洽，互相帮助，团结友爱。而老师们，我只能说这几位随行的老师都是负责任、学识渊博、超具幽默细胞的可爱的人，他们一路上不仅尽职尽责地传授给我们课本内外的知识、做人的道理、处世的态度，还时常讲个笑话、唱个歌儿、来个模仿秀什么的让我们放松，我们之间已经超越了老师和学生的关系，我们可以说是朋友，是亲人！

——李硕

在一同前往的约40名优秀同学中，我是一个个例。可能有的人赞叹名胜古迹的雄奇壮观，可能有人感叹钦羡古人的精妙智慧，可能有人感叹此次旅行在知识方面收获良多。而我，绝对是要感慨，在这8个白昼、7个夜晚，我收获了最令人温暖的友谊。

“这是高中阶段最后一次集体出游”，最开始，我是这样定义这次旅行的。从山西到河南再回到北京，说实话，知识方面我没有太大收获，虽然老师们知识渊博、悉心教导，但我也很难记入心中。而一点一滴积累在我心中，一点一滴在我脑海中增加的，是友谊。在这里，我将列举我与三个女孩的小事，以此证明。

胡千千，胖胖的，有时候不拘一格、洒脱豪爽，有时候又分外矫情。她就是这样一个性格多变却十分可爱的人，也是一个与我志趣相投的人。在参观云冈石窟时，同学们醉心于壮观的大佛、付老师的讲解，唯有我们将眼光投注于自然——花草之间，山水之间，曲径通幽地，人迹罕至处。听我说喜欢小动物，她于是处处帮我留意。令人惊讶的是，我们真的发现了松鼠！毛茸茸的，很小，很灵活，可能是因为长期生活在佛教气息浓厚的地方，周身透着一股灵气。我俩的爱好都在于此，一路上用并不专业的相机拍拍野花小虫，照几张大树小草，幸运的话也有小动物。此谓真知己也！

马冉，善解人意，看似坚强却十分脆弱的女孩。对我生活上的关心和照顾，以及一口一个“芮芮”的亲近，让挑剔的我毫无芥蒂地承认了她。印象最深刻的就是最后一晚我俩的彻夜长谈，从人生谈到理想，从人生观谈到价值观。彼此真诚而又善良，毫无心机。我想，高中可能是最后一个能够平静地享受人生美好的时段了吧，这段美好的友情，定要珍惜。

刘荔昀，总体大方爽朗，有时脾气火暴，既独立又爱依赖人的好姑娘。人人皆是成双成对或三五成群，唯我一人独来独往。在我的观念里，别人不需要我，我也不需要主动凑上去。然而在某一天，突然地，不知是看我太孤独而同情我，还是“受了什么刺激”，她主动找上了并不熟识的我。一开始只是简单地聊天，后来我们的友谊在交流中升温，最后到了“如胶似漆”的程度。像两个小女孩，手拉着手，东看看，西听听，很快乐。我不喜欢别人与我有身体上的接触，她却是我能接受的第一个。可能是因为她毫无心机的、真诚的可爱。这样带给我温暖而又本身脆弱的人，我要保护她。

到这里，不结束。

还有我曾经的班级，13 班的同学们，他们对我的接纳和包容让我仍有归宿的感觉。11 班，我现在的班级，这里面的同学对我的友好和信任，也让我终于有融入的感觉。同时被这么多的人喜欢着，我想我可能是所有人里最幸福的吧。

我没有关于轰轰烈烈的友情，也没有关于朋友的传奇经历。我有的只是渺小的我获得巨大的友谊时深深的感动。8 日，8 昼，7 夜，我收获的是成绩与分数无可比拟的友谊，是他人所不能体会的真情，是今后回想仍会铭记的灿烂人生。

——王芮

最令我感动的就是我们亲爱的团结的 13 班。我们一起游览，一起吃饭，一起学习，一起欢闹。真的很开心能在这样一个班集体里生活。我亲爱的董玟悦，谢谢你一路上的照顾与晚睡早起。马冉、胡千、王芮，好喜欢你们在饭桌上的霸气和在欢闹时的不计形象。智慧、荔昀，钦佩你们的努力。还有雯雯、姜帆，学霸们真是又能学又能闹啊。最后，我们班的稀缺资源——鲁澎、郁帅、胡振，真的是对你们刮目相看啊，一路上对大家都很照顾，尤其体现在饭桌上，相信你们一定能撑起 13 班的半边天！总之，13 班的各位，让我们昂首迈进高三吧，努力一定会有回报的。

——李仕琪

图 2　其乐融融

四、畅游篇

千年古城

山雯雯

到平遥是在一个烟雨朦胧的傍晚。站在城墙前，墙外高楼林立，墙里古色古香。新旧两座城隔城墙相互打量，犹如历史与现实的两两相望。

同学说，进城吧。我顿了一顿，深呼吸，像进入圣洁的教堂一样虔诚。我们乘着电瓶车进入古城，幌子、招牌、古建筑、红灯笼、青石板……种种都在诉说着古城沉重的历史。我顿觉羞愧，为电瓶车破坏了古城的意境，为自己亵渎了古城的沧桑。

我们下榻的客栈是个古色古香的小院，楼上楼下、庭前院后都是同学们的身影。院里有三五石凳、几把藤椅，大家或站或坐，挤在小小的院子里，叽叽喳喳地说着趣事，讲着笑话。若此时我在北京，应该正坐在电脑前看电影、聊QQ吧，怕是永远都无法体会到与好友相聚、谈天说地的美好，更无法体会到北方小城带给人们的温馨与质朴。

平遥降水很少，我们来的这两天却一直淅淅沥沥地下着小雨。于是，我有幸读到了不一样的平遥。雨雾中的平遥，虚中有实，实中有虚，像一幅水墨山水画，一首朦胧的诗。撑起一把伞，凭街而行，细细品读；却发现，飞檐微翘的古建筑里经营的是时尚新潮的酒吧，平遥传统小吃的对面销售的是意大利面。在平遥，我看到了东方与西方、传统与现代的激烈碰撞。而这座千年古城用它博大的胸怀包容着它的儿女，包容着八方来客，包容着外来文化。文化交融为古城注入了新的生机。

离开的早晨，雨停了，空气中弥漫着雨后的清香，阳光为古城镀上了一层金色。我知道，这座千年古城将带着它的沧桑、质朴与包容继续走下去，千百年后，依然在阳光中辉煌着。

平遥——古城命运的悲喜剧

李欣然

平遥古城传说始建于西周宣王时期，是一座具有2700多年历史的文化名城，今日的砖石城墙是明洪武三年在旧城的基础上扩建而成的。现在它是中国境内保存最完整的一座古代县城，是中国汉民族城市在明清时期的杰出范例，在中国历史的发展中，为人们展示了一幅非同寻常的文化、社会、经济及宗教发展的完整画卷。

我们于一场夏日微雨后前往平遥古城，这座历经千年时光洗礼的古城一如当年，热闹的景象似乎还在演示着它曾经的辉煌。漫步在平遥古城，不见那高耸入云的摩天大楼，也没有汽车鸣笛声的喧闹。唯见鳞次栉比的店铺、民居，极富明清特色，与斑驳陆离的灯光和游人如织的繁华奇妙地结合在一起。一切的一切，都是那样古朴与自然。青砖灰瓦，飞梁斗拱，城墙牌楼，包容着古朴的民风；灯红酒绿，轻歌曼舞，讨价还价，又沸腾着现实生活的气息。而这样的一种生活气息好像特别接地气，让人置身其间更觉踏实、安稳。这道城墙仿佛形成了一个巨大的屏障，将在这里生活的人与世隔离，形成一个没有凡尘世俗、没有烦恼忧愁的世外桃源。

站立在城墙之上，极目远眺，三晋的平原与河流尽收眼底。遥想当年，守城的战士是否也和我一样，站在这固若金汤的城墙之上，俯瞰山中景色？金戈铁马，兵临城下时，是否也曾在此杀敌无数？恍惚间，我们仿佛在城楼上指挥千军万马，樯橹灰飞烟灭也只在谈笑间。转过身来，鸟瞰平遥古城，竟然真的形如一只缓缓向东方爬行的巨龟，千年转瞬而逝，它依然没有停止坚定的步伐。

任谁站在这城墙上俯瞰全城或在夜月徜徉其间，都应该有一种穿越时空的感觉。当年晋商的繁荣辉煌，仿佛就在眼前；一个个家族的传奇，似乎还在延续。迈入日升昌票号的大门，走进三进式穿堂楼院，遥想这座位于“大清金融第一街”上的票号，分号遍布全国各大城市，商埠重镇，整个中国的金融消息从全国各地流入这里，一条条关乎全国经济命运的指令又从这里发往各地。至此，你应该真正理解了晋商“汇通天下”的雄伟抱负和巨大能量。站在票号的院内，对这一砖一瓦都应该肃然起敬！

随着时代的变迁，晋商不可避免地衰落了，这座古城也在近代走向没落。然而吊诡的是，正是这没落使得古城得以保留至今。

据说，在20世纪80年代经济发展的大潮中，“现代化”浪潮席卷全国各地，众多古旧建筑被拆毁，但当时平遥过于贫穷，无力进行拆旧建新，才幸存下来，而今乘着旅游热潮，大大繁荣风光起来。真是祸福相倚，其大起大落的命运让人唏嘘不已。

平遥是幸运的，但如今有多少座古城被拆毁，又有多少高楼大厦是建立在历史文化的废墟之上的？甚至因为片面追求经济效益，以及城市规划不合理，再加上房地产业的推波助澜，我们国家近几年出现了一些让人哭笑不得，让人义愤填膺，让人担心害怕的事情：一座座货真价实的文物古迹被拆毁，一座座钢筋水泥、僵硬死板的“文物”被修建起来；旧城沦为不东不西、不土不洋的杂交怪兽，而一些新建的现代化城市一旦建成就沦为“鬼城”。后一种情况如鄂尔多斯新城、郑东新城、松江新城等一些地方，城市盲目扩建，浪费了大量自然资源和社会资源；前一种情况毁坏古迹、割裂传统，损害的是无形的文化价值，都是违天悖理的错误行为。我们的城市建设太需要有文化底蕴、高瞻远瞩、尊重历史和传统的发展规划了！

图 1　平遥古城背面的不堪

城市建设的沸腾是一时的，而历史是永存的。2010 年上海世博会的主题“让城市更美好”，关键不是那些如雨后春笋般建立起来的摩天大楼，而是城市的文化，以及普通人最平凡不过的生活。

再游平遥

李仕琪

已经是第二次来到平遥了。第一次，或许是当时年幼的缘故吧，仅仅做到了身到，拍摄了不少照片。而这次借着游学的机会和老师的讲解与帮助，倒是学到了不少知识，也加深了对这古城的理解。

我们是傍晚入的城，当地政府为了加强对古城的保护，只允许电瓶车、自行车一类在古城中行走。而我们下榻的地方，则是位于古城中心临近市楼的一家客栈——长泰永。与其他古城相同，这地方也是古色古香。无论是街边的建筑物，还是藏于室内或是特定物品中的现代设施，都令这里在一定程度上展现了明清时期的晋商风范。而我们住的客栈，更是明清古城的一种体现。无论是长凳长椅、露天而设的所谓餐厅，还是屋中倚墙而修的大炕，都令我逐渐感受到何为古城。

相比之前去过的丽江古城、凤凰古城那种小桥人家、宁静质朴的氛围，这里倒是显得更为喧嚣吵闹。吃过晚饭后走出客栈，整条大街灯火通明，叫卖声、讨价声不绝于耳。这才是晋商的模样吧。虽说随着古城的建设和发展，大多数的山西商人早已离开这里，但这里让更多的商人染上了晋商的风骨——那闻名于明清两代到民国的晋商精神。

说到晋商精神的体现，就不得不提中国的第一家票号——日升昌。去之前一直在想，这闻名天下的票号，现代银行的前身，想必不会太小吧。然而去了才知道，这票号所处的院落可谓小得可以，仅仅只有两座院落。想想现在的银行，那高耸的大厦，华丽的外表；再看这有些旧的屋子，斑驳的外墙，参差的屋檐。伴着天空中的蒙蒙细雨，细细想来，这便是一种晋商精神的体现吧——不把钱花在外表上，而是尽心尽力地做好每一笔生意，保护每一个人的财产，为每一个人带来便利。走进院内，看着四周的门户，仔细聆听，仿佛听到了当时人们出入奔走的声音，讨利息、称银两……眼前也慢慢涌现出一幅画面：学徒的伙计在前台帮忙打着下手，柜房先生写着票号，看着眼前的书画——那可是只有票号内部人员才能懂的密码簿——写下一个又一个难以破解的暗号。这种敬业精神，正是现在的人需要学习的。看看周围，有多少人为了完成任务而草草了事，或者囫囵吞枣地完成个大概。上班在网游中过去，学习在发呆中消逝。这敬业的感觉，正在离我们远去。这时，耳边突然响起掌柜的在向学徒们授课的声音："你们要始终勤奋刻苦，为事业尽心尽力。"是啊，我们也要这样，勤奋刻苦，为学习尽心尽力。站在日升昌票号里的我，陷入了沉思。

伴着细雨，我们漫步到南城楼。登上城楼，古城内外一目了然。向下望去，便能看到古城人家的生活场景。虽说这里早已申遗成功，早早地成为一个景区，这里的住户却没有都离开。如同其他的古城建设一样，当地政府也在积极地将居民迁出古城，住进新修建的新城。此情此景令人感慨，难道真的要为了古城的建设而将百姓全迁走吗？失去了百姓的古城，还有当时的风貌吗？

晚上，在客栈，我们根据这个话题做了辩论。古城的建设到底是由政府干预好还是百姓自主建设好呢？政府的干预必能使古城的建设更有秩序，然而百姓的自主修建却可使古城保留其原有的风貌。当然，古城若想建设得好，与这两方面的努力都分不开。但为了辩论的形式，我们还是分成了两方，我有幸作为主席参与了这次辩论。说实话，真没想到是如此精彩。大多数的同学根本没有经历过辩论，但在简单的说明下很好地适应了辩论的形式。大家集思广益，把书本上的知识与白天的所见所感结合起来，表述出来，供对方批判与反驳。最后，大家把想法总结起来，也算是为平遥的建设做出一份贡献吧。我想，这才是我们能回赠给古城的唯一礼物。让古城建设得更美好，是我们每一个人的心愿。

出城的那天，天放晴了。我想，这是否预示着古城的未来呢？风雨过后，终究是要见到彩虹与阳光的。平遥古城定能在多方面的努力下，在保持一定古老风貌的前提下，越来越好地发展。站在城门外，再次回首相望古城。阳光下的城墙，是那么美好。平遥，期待着我与你的第三次相见。

壶口，聆听母亲的呼唤

马冉

我们到达壶口瀑布时正值中午，阳光暴晒，再加上几个小时的车程，令同学们疲惫不已。下了车之后，我还是昏昏沉沉的。跟着导游往前走出停车场，下了一个高台，眼前却豁然开朗。这是一大片河滩，河滩上还分布着大大小小不少条小河，河水呈黄泥色，虽不好看，却使人备感亲切。

中国人常说，中华民族和中原文化都产生于黄河流域，中国人的黄皮肤就是黄河浸染了几千年后形成的。我想，这也就是我如此亲近这颜色的原因吧。

再往前走，就已经能听到黄河自壶口处奔涌而下所发出的巨大声响了。当我听到这声音，就好像听见了黄河母亲的召唤，不自觉地快步跑向前去。

终于来到壶口瀑布的观景点，迎接我的是黄河给予我的视觉、触觉、听觉三重刺激。当我站在岸边，看到波涛汹涌的黄河水和水底冒烟的奇观，听着耳边隆隆的黄河之吼，感受着扑面而来的黄河水雾，心里有的并不是想象中的那种激动，更多的是敬畏，对自然的敬畏，对祖先的敬畏，对文明的敬畏……各种感受交杂在心里。我仰起头，闭着眼，感受着黄河，这种感受是言语难以形容的，在这里我才真的可以清空杂念，感受来自远古的清净气息。黄河，它孕育了中华民族千万年，更用它独有的磅礴气势与深厚底蕴洗涤着人们的灵魂，给人以奋斗的力量。

之后，老师集合了同学们，并提议大家一起唱《黄河大合唱》。这一次合唱是我听到的同学们最有力量的一次合唱，站在黄河边，大家几乎是用“喊歌”的方式表达着对“母亲”的敬意。我想，也只有在这种情境下，我们这一代早已远离炮火的青年才能真正体会到歌里所唱到的“抗日精神”，才能真切感受到黄河的精神力量。

一个小时之后，集合的时间到了，大家开始缓缓地往停车场走去。在大家的谈话中，我发现大家谈论的不是壶口瀑布，而是“黄河母亲”。我想，给予我们震撼的，绝不仅是黄河这奔涌而下的姿态，而是黄河对心灵的触动。每一个中国人的身体里都有着一种同样的基因，这基因是黄河给予的，随着中华民族的代代延续传承下来。这次来到黄河，就像是有一把钥匙开启了我们身体里被锁住的古老基因，让我们更加明确了自己炎黄子孙的身份，并为自己的身份感到自豪。

感受壶口

山雯雯

自从踏上旅程，我便开始期待着壶口，期待着黄河，期待着黄土高原。黄河似乎冥冥之中有一种力量，吸引着无数华夏儿女的身与心。而壶口是黄河之雄伟的释放点，是民族精神的彰显处。

还未走近，便看到峡谷中冒出的滚滚浓烟，那是黄河入“壶口”处，湍流急下，激起的水雾形成“水底冒烟”的奇景。一步步地走近，每一步都迈得坚定而又紧张。

站在壶口前，仿佛有一种灵魂出窍的感觉。壶口的壮美以及我的震撼都难以用语言描述。闭上眼睛，感受那气冲云霄的怒吼，似惊雷滚滚，万马齐奔。我想到了莫伸先生的句子：“声音撼天动地，又包容万千。那是一种捶胸哭天的苍凉，又是一种国难共赴的悲壮；是一种无坚不摧的刚烈，又是一种壮士断腕的豪雄；是一种惊天泣鬼的神勇，又是一种众志成城的顽强。”纵使文采如莫伸，也似乎仍道不尽壶口带给人的无限震撼、遐想、感动。

睁开眼睛，只见狂放不羁的黄河水在壶口的约束下翻腾倾涌，一朵朵浪花凝聚着，盘旋着，呼啸着奔涌而下，有排山倒海之势，有万鼓齐鸣之声。我久立在壶口前，胸腔里涌动着空前的震撼，心脏的律动与百米悬瀑融为

图2　聆听壶口

一体。

地壳运动造就了黄河，而黄河造就了中华民族。我们的母亲河润泽着中华大地，激励着中华儿女。它所演绎的是愤怒的极致，是激昂的顶端，是凶猛的无限，是力量的空前。

离开黄河，我带着它给我的力量继续上路！

在白园

山雯雯

欣赏完龙门石窟精美的石刻艺术和绝妙的魏碑书法，我们来到了为纪念唐代大诗人白居易而修建的白园。

一进白园，只见树影婆娑，草木郁郁，泉水叮咚，池水如碧，林木深处，亭阁掩映。顺石阶而上，有古木参天，拔地而起，直冲云霄。再走进几步，便到了“听伊”亭，在这幽静的香山中显得愈发古朴典雅。站在亭间，一阵清风拂过，扫去了夏日里的闷热。我仿佛看到了1000多年前的白居易与好友在此地饮酒、品茗、论诗的情境，真是雅兴！而如今，我们也在听伊亭里一同品味白居易的诗歌，品读“一道残阳铺水中”中的“铺”字所营造的和谐安静的意境；感受《卖炭翁》里人民生活的困苦以及白居易忧国忧民的情怀；欣赏《琵琶行》中精彩至极的音乐描写以及“同是天涯沦落人，相逢何必曾相识”的内涵。

图3　听伊亭，倾听自己的心声

由听伊亭而上，便到了白居易的长眠之地。白居易生前致力于新乐府运动，他不畏权贵，一连写下几十首诗，笔尖直逼王公贵族、朝廷百官，最后一首《采莲官》直接向君王呐喊。他的诗通俗易懂，关注下层人民的生活，写下不少忧民诗。站在他的墓前，背诵他的《琵琶行》，我看到了白居易的良知，读懂了他兼济天下的志向，敬佩他忧国忧民的情怀。

白居易同许许多多中国文人一样，坚守个性，承受苦难，传承文明。我被他打动了，被无数同白居易一样的先贤打动了。他们的生存姿态、生存广度对当下的中国人是一种精神指引，值得我们仰望、追寻与传承。

第四篇

玉汝于成：游学的准备与实施

“工欲善其事，必先利其器。”组织数十名学生历时七八天，行程几千里，长途跋涉，寓学于游，不是一件轻而易举的事情，必须进行充分准备，有一套严密的实施计划，才能保证游学的顺利进行，保证游和学的品质。

事务性的准备工作必不可少，但关于游学的理论性准备工作也很重要。带队教师首先要统一思想认识，不能将其当成“旅游”草率对待，而要从课程开发的重要性和神圣性来理解和实施游学。为此，我们制定了游学校本课程标准，给自己一个较高的定位、一个明确的目标、一个行动的指南。

安全问题关乎参与游学的每一个师生，决定着一次游学活动的成败，甚至决定着今后类似活动能否持续地开展。因此，安全工作绝不能等闲视之，甚至“悠悠万事，唯此为大”。为此，我们制定了详尽的安全预案。

第一部分
北京九中游学校本课程标准

一、前言

进入21世纪，人类加快了向现代社会迈进的步伐，科学技术、文化思想日新月异，国际竞争日趋激烈。国家综合国力的提升要求国民素质的极大提高，给基础教育改革提出了迫切任务。

教育改革的基本内容之一是课程改革。只有开发出符合时代需要的课程，才能承担起教育改革的重任，承担起培养全面发展的可用人才的重任。

在协调国家、地方、校本课程的基础上，北京九中开发开设了游学校本课程。游学校本课程必须全面实现其教育功能，在提高现代公民的知识、能力和人文素养方面发挥重要作用。

1. 课程性质

游学校本课程是学校为贯彻国家课程和地方课程任务要求，为实现学校办学理念，根据学校和学生实际条件所开发开设的以游学为载体的校本课程。它把游学活动正规化、系列化，规定了培养目标、具体内容和实施方法，并有一套可以具体实施的策略以及恰当评价的方法。游学校本课程是国家综合实践课程的校本落实。游学课程在学校和书本知识的基础上，走进生活，走进社会，走进自然，把悠久的历史和广阔的现实都作为教育资源。通过学科渗透的教学形式和综合实践过程，全面提升学生的知识、能力和素养。

2. 游学校本课程的基本理念

游学校本课程要符合国家教育发展规划要求，是对国家和地方课程的有益补充和完善，是落实学校办学理念、实践校本课程体系的重要载体。

北京九中的办学理念是全人教育。为此，学校统一安排国家课程、地方课程和校本课程，开发实施了九大校本课程，即责任感课程、持久学习力课程、身心健康课程、审美课程、文化基础课程、领导力课程、国际视野课程、文化传承课程和信息素养课程。游学课程立足于文化基础、文化传承，综合提升持久学习和审美能力与素养，促进学生身心健康，并在一定程度上有助于学生领导力和信息素养的提高，基本上串联了九大课程的核心目标和任务，成为学校办学理念的重要载体和实现力量。

校本课程在体系的构建上，既要注意与国家、地方课程的衔接，又要避免简单的重复，符合高中学生的学习和认知规律；在内容的选择上，应坚持代表性、典型性、综合性、时代性。

游学校本课程的设计和实施有利于学生学习方式的转变，促进学生在多样化、开放式的学习环境中，充分发挥主动性、积极性与参与性，培养合作学习和实践的能力，提高人文素养。

游学校本课程的设计和实施有利于教师教学理念的更新，有利于教学方式的转变，倡导学科综合渗透，为学生的自主学习创造必要的前提。

3. 课程设计思路

游学校本课程根据国家、地方和学校课程目标和基本要求，遵循多样性、选择性、典型性、时代性的原则，规定适合高中学生学习的课程内容和学习内容，为其进入社会和高等学校奠定基础。

北京九中游学课程内容分为两个模块：爱我家乡、行走中国。

“爱我家乡”模块主要是利用和开发社区教育资源，让学生了解家乡的历史、现状与风俗、文化；在自主探究中学习，在加深认识的基础上增强亲近和认同感。其分为三个探究主题：探寻历史文化、体验风俗民情、了解经济生活。

“行走中国”模块设置的探究主题有：饱览壮丽的山河、汲取博大的文化、追寻先贤的足迹、追赶现代化步伐；亲临实感祖国的历史、地理、文化和经济，增强民族文化认同感和自豪感。

根据学生文化和能力基础的不同需求，协调国家综合实践课程的相关要求，北京九中游学课程可以分以下两个学段进行。

高一学段以“爱我家乡”社区资源课程为主，既利用国家综合实践课程的课时，学校也在保证国家课程安排的前提下适当安排时间，提供课时。

高二学段以“行走中国”课程内容为主，少数条件允许的同学参与海外游学活动，与学校另一门校本课程——国际视野课程交叉进行。每期游学目的地的确定、相关知识的储备和整理工作，在高二学年次第进行；争取到教育行政部门审批后，在高二暑假阶段实地实施；游学资料的整理、游学活动的反思和总结、游学成果的展示等活动持续到高三开学一段时间。总体而言，争取使游学成为陪伴九中学生整个高中生活的一门课程，成为促进学生全面发展和成长的重要途径和阶梯。

二、课程目标

游学就是让学生走出熟悉甚至厌倦的环境，走进不同的生活，在观察、体验、实践、探究、反思等学习活动中探寻课外知识，整合课本知识，丰富生活体验，拓展社会认知，增强实践能力，提升人文素养，是最贴近“全人”教育理念的教育教学模式之一。其具体的课程目标如下。

1. 知识与能力

在国家课程业已建立的知识基础上拓展知识，包括先期围绕行程目的查阅、收集相关学科知识，也包括行程中留心观察、发现所得知识，用这些知识解答老师设定的问题并产生自己的思考，提出和解答问题，从而培养信息收集和加工能力；深入发掘每一处文物遗存、自然风光、风土人情所蕴含、折射的学科知识和道理，使学科综合、渗透成为切实、自然的过程，培养知识迁移和综合能力；通过触摸物化的历史文化，通过感知道路交通、工农业生产、城市建设的实际，通过实地测量实验，通过亲身见闻，验证、激活教材知识，增长、开拓社会知识，积累、丰富生活知识。

2. 过程与方法

游学强调学习主体的主动参与、深度参与、全程参与。

学生调动自己的知识储备，提出游学目标可能的方案；实行分组合作，小组承担一个游览和探究课题，组内分工查阅传统纸媒、网络信息，编辑解答学案，推举课题发言人，从而培养合作学习能力；在课程实施过程中，学生每天游历结束后汇报当天成果，实际上是根据游历所见所闻所感调整先期解答的学案，在老师的指导下实现认识的深入和升华。整个行程中，学生要根据活动方案的要求，记录活动过程，积累活动素材，反思活动过程，记录自己的真切感受，总结活动收获。除了常规的游览、解读、反思、记录，游学课程安排社会调查、实验测量、辩论比赛等学习活动，把所学知识在实践中加以运用，把被动接受变为主动探究。

3. 情感态度与价值观

通过游学，贯彻全人教育的目标：培养学生成为“身心健康、人格健全、学有所长、和谐发展的全人”；不仅学习各种知识，还要提升道德修养，树立正确的生命价值观念；并且学以致用，以期具备相关知识，以因应现实社会的种种考验；更重要的是拥有追求真、善、美的人生目标。

通过改变学习方式，提升学习的内在动机和兴趣，让知识能力更贴近生活，展现和强调生命的真情、善念、美感。

在本土文化的浸润和濡化中，使学生对各地的风土人情、山川地理有感性直观的了解，油然而生亲近、自豪的感情，与祖国的历史传统、文化遗产血脉相通、骨肉相连，成为身心有所寄托、精神有所皈依的“有根的人”。

通过到不同的文化环境中去探访并沉浸其中，通过亲自体验来学习和理解文化和历史传统，培养文明素养和文化宽容精神，增进对不同文化的认识和尊重，更好地认识和传承文化与历史传统。

走进现实生活，了解现实的美与丑，体认现实的复杂艰难，感受现实的波澜壮阔，为将来走进社会而成为现实的人奠定基础；并通过触摸历史、打通历史，在传统和现代之间找到融合点，做有根底、不迷茫的现实的人。

在课程实施过程中，实现上述课程目标是一个不可分割、相互交融、相互渗透的连续过程和有机整体。拓展知识是初级目标，提高能力是中期目标，全面提高人文素养是终极目标。

三、课程内容标准

游学校本课程实施渠道的灵活性、教育资源的丰富性决定了游学课程内容既要有明确、固定的核心内容，又允许课程实施者有相当的自主选择权利；课程内容既要保持一定的稳定性，又能够根据不同届次老师和学生实际能力和需求加以调整。因此，游学课程内容采取主题引领下自主决定探究内容的形式。

每一个模块都可以发掘出无穷无尽的教育资源，但为了保证游学课程的稳定性、成熟性，也限于游学成本及师生精力等问题，游学需要精选目标和内容，主要是那些能代表中国历史、地理、文化和经济的典型景点。因此，应选择那些集中体现中华民族精神，表现中国传统主流文化，浓缩历史、人文、自然于一体，极富人文教育价值的景点。

游学课程内容举例如下表所示。

表 1　游学课程内容表

模块	探究主题	探究对象
爱我家乡	探寻历史文化	承恩寺、田义墓：明代宦官专权的历史产物
		法海寺：明代壁画欣赏
		京西古道：明清北京与西北交通
		冰川博物馆、模式口水电站：新中国经济建设和科技
	体验风俗民情	四合院与胡同：传统民居与城市化的冲突与调适
		太平鼓与民乐队：习俗与文化传承
	了解经济生活	首钢的生产与搬迁：老工业的辉煌历史和艰难选择
		动漫基地、华录公司：经济转型与个人职业规划

续表

模块	探究主题	探究对象
行走中国	饱览壮丽的山河	母亲河、民族魂——壶口瀑布
		一览众山小——泰山
	汲取博大的文化	我家住在黄土高坡——黄土高原地理调查
		汉字的幼年时代——殷墟与甲骨文
		世界第八奇迹——秦陵与兵马俑
		大唐从这里走出——大同与云冈石窟
		佛教的中国化——龙门石窟
		佛教的超脱与信佛的狂热——法门寺的前生今世
		三晋名胜，三教融通——晋祠访古
		兴衰系于商——幸运的平遥
	追寻先贤的足迹	回到精神的故乡——曲阜谒孔
		修齐治平——拜谒二程墓
		功过留于后人说——乾陵与武则天
		聆听忧民的声音——白园读诗
		莫等闲，白了少年头——凭吊汤阴岳飞庙
		一生真伪有谁知——安阳袁世凯墓
		汇通天下——乔家大院与晋商文化
		共和国的摇篮——革命圣地延安
	追赶现代化步伐	盛世盛会——上海世博会
		融通天地——西安园博会

游学课程的自主性、灵活性以及风景名胜地区本身富含的多重文化信息为学科综合渗透提供了广阔的舞台。对于每一处景点，都应该多维度开发教育资源，实现学科渗透，达到教育目标。例如，关于云冈石窟，制定任务目标如下。

（1）持久学习力教育渗透。

学生通过实地测量，感受云冈石窟环境容量大小；通过访问调查，总结云冈石窟的客源市场情况。

学生通过搜索相关知识，培养获取、归纳信息的能力；通过寻找相关塑像、雕刻来论证某些历史结论，培养史论结合、论从史出的能力；通过写下参观云冈石窟的所见所感，培养认真观察、注重体悟、及时表达的游学习惯与品质；通过观看石窟雕像并收集唐代服饰等民俗特点，深入论述文化如何影响人的交往方式、交往行为、思维特点及认识方式。

（2）社会责任感教育渗透。

学生通过观察，总结出文物被破坏的成因，深刻感受到保护石窟的必要性和紧迫性。

（3）人文素养教育渗透。

欣赏古代劳动人民的艺术创造，领略祖国辉煌灿烂的古代文化；感受中华文化的博大精深、源远流长，增强对民族文化的认同感、自信心；感受塑像雕刻的美。

为达成这些教育渗透目标，在学案中设计了相关题目。以“云冈石窟”为例：

①云冈石窟第16~20窟是云冈早期的石窟造像，即“昙曜五窟”，描述概括五窟主尊佛像的特点分别是什么？反映了北魏早期什么社会风貌及鲜卑民族什么民俗风情？请用历史唯物主义的基本原理谈谈自己的认识。

②受游牧文化和地理环境因素的影响，鲜卑族的衣帽服饰呈现什么特点？体现了中华文化与少数民族文化的什么关系？体现了中华文化具有什么特点？

③服饰作为石窟艺术重要的表现内容之一，表现了粗犷豪放的民族气概、强烈的异域风格与雄伟的皇家气度，最高主题是“人佛合一”，请用“文化生活”相关知识分析这一观点的重要意义。

④文化遗产与自然风光有什么差异？文化有什么特点？云冈石窟哪一年被列入《世界遗产名录》？请阐述保护文化遗产的重要意义。

⑤自然界和人为原因对石窟的破坏具体有哪些？

⑥评价一下云冈石窟的环境容量。

⑦写出你认为切实可行的保护云冈石窟的措施。

⑧旅游小调查——自制调查问卷，每人随机找10人进行问卷调查。具体的内容包括游客的来源地、文化程度、年收入、工作行业、业余爱好，统计出石窟客源市场的特点。

⑨通过调查和观察估算云冈石窟每年的旅游收入、评价其功能分区的分布状况。

⑩回归课本：评价云冈石窟旅游资源开发的条件。

⑪昙曜五窟是哪五个？分别对应哪一位帝王？反映了宗教与政治之间的什么关系？

⑫云冈石窟塑像形象与西域佛教形象有何异同？请拍照下列细节：云冈石窟佛像面庞、服饰（特别是衣服领子）、飞天形象。

⑬思考：佛教为何能立足中原？

⑭如何看待宗教与政治的关系？

⑮关于云冈石窟，冰心曾写过这样一段观后感：“万亿化身，罗刻满山，鬼斧神工，骇人心目。一如来，一世界，一翼，一花，一叶，各具精严，写不胜写，画不胜画。后顾方作无限之留恋，前瞻又引起无量之企求。目不能注，足不能停，如偷儿骤入宝库，神魂丧失，莫知所携，事后追忆，亦如梦入天宫，醒后心自知而口不能道，此时方知文字之无用了！”请写下你参观云冈石窟的所见所感，字数不少于 100 字。

每期游学活动都应该参照内容示例，精心选择路线、目的地，全方面、多维度发掘教育资源，制定本期内容标准。

四、实施建议

1. 教学建议

（1）在确定科学、正确、可操作的教育目标并确定学习主题的基础上，每期游学可以根据学生的喜好，灵活安排游学目标和内容。

（2）要全方位、多维度发掘目标地的教育资源，努力实现学科综合渗透。

（3）教师应该不局限于目标地教育资源的利用，而应该随时随地发现发掘教育资源，如经济现象、风土人情、山川草木、人物事件等，随机应变，让学习和提升成为一种自然的浸润过程，远离空洞说教。

（4）在实施过程中，要及时对学生学习、生活、待人接物进行评价，不断激励学生的学习和提高。

2. 评价建议

学生的学习评价具有反馈、调控课程实施并促进学生全面发展的重要功能。学习评价要遵循既注重结果也注重过程的基本原则，灵活运用各种科学有效的评价手段，对学生的知识与能力、过程与方法、情感态度与价值观做出定量和定性相结合的评价。

（1）学习档案。

建立游学学习档案，是指把游学准备、实施、反思过程中产生的知识积累、能力培养和情感素养方面的成果，如文字文档、照片音像、反思文章、调查报告、DIY 作品、各种评语等，都收集保存起来。建立游学学习档案，有利于对学生的游学学习进行长期、动态的综合考查和较为全面的评价。

（2）学案。

学案的参与编订、寻找答案、实地观察了解后修订、与同学交流汇报是评价学生游学参与度、获得知识实效的有力手段。

（3）实地调查。

实地调查既是一种学习方式，也是一种学习评价方式。通过丰富多样的实地调查活动，可以考查学生综合运用书本知识分析和解决问题的实践能力，以及人际交往能力。

（4）总结反思。

总结反思既是考查学生情感、态度、价值观和人文素养提升与否及多少的重要手段，也是考查学生表达能力的重要途径。在不方便进行考试量化分析的情况下，总结反思应该成为游学课程最重要的学习评价方式。

3. 教材编写建议

（1）每次游学活动都应该编写相应的教材和学案，逐步形成体系化的游学课程教材体系。

（2）游学课程教科书呈现方式应多样化，为师生创造性的教与学留有充分的空间，有利于学生的探究学习。

（3）教材编写可以适当吸收学生参与，这既能提高学生课程参与的主动性和积极性，也能更及时、全面地反映学生的游学兴趣、爱好以及知识储备情况等。

（4）游学课程教材要有利于学生个性的发展，为不同水平、不同类型、不同爱好的学生的进一步发展提供条件。

（5）游学课程教材要避免重复叙述利用网络等信息工具可以便捷获取的

信息，而应该使这些内容题目化，以学生自行探究为主。

4. 课程资源的利用与开发建议

凡是对实现课程目标有利的因素都是课程资源。游学课程资源既包括山川草木等自然地理景物、文化遗存、历史遗址、遗迹、文物、博物馆、城乡经济生活、互联网等物质资源，也包括教师、学生、家长及社会各界人士等人力资源。

教师应该加强资源意识，触目所及都应该考虑有没有教育价值，随时随地引领学生观察、思考、讨论，即是课程资源的开发。

第二部分
行走中国之山西、河南文化之旅
安全预案

一、安全负责小组

组长：张小萌
副组长：刘文娟
组员：魏萍、付建河、王世宏

二、安全负责人要求

（1）要树立高度的安全意识，安全责任人要对全年级（班）的安全负全责。

（2）要严格执行安全预案中的要求。

（3）严密组织班级活动，对学生进行跟踪式管理，杜绝各类人为事故的发生。

（4）发生或发现问题要及时上报带队领导并立刻解决，解决不了的要向校长汇报。

三、外出安全要求

（1）带队领导和教师要树立安全第一的思想意识，要有高度责任心。全体工作人员要明确职责，坚守岗位，避免疏漏。

（2）各班正副班主任是本班安全负责人，对本班安全负全部责任。

（3）组织学生活动时要以班为单位，正副班主任和安排到该班的任课老师全面负责学生的安全教育工作。

（4）教育学生严格遵守时间，按时集合、列队，不准擅自离队。学生小组要有组长，对学生进行安全教育，明确要求，小组必须统一行动。

（5）出发前及到达目的地时、返校上车前、返校后，正副班主任和本年级任课老师必须及时清点本班人数，避免学生走失。

（6）乘车时应按顺序乘车，在车内不准大声喧哗，不准将头和手伸出窗外，不准向车内外扔废弃物，不准携带危险品及易燃易爆物品。

四、突发事件处理原则

（1）保持镇静，沉着应对。

（2）学生优先原则。

（3）就地抢救原则。

（4）报警、求援原则。

（5）维持秩序、迅速疏散原则。

五、应急反应措施

（1）车队单独配备应急反应车一辆，校级领导、校医随车前往。

（2）所有教师、工作人员手机必须处于开机状态，前一天检查手机充值状况，确保资费充裕。

（3）进入活动区域后，由校级领导担任总指挥，指定专人在活动区域出入口值守，以免学生走失。

六、因天气因素变更活动处理

（1）活动前一天了解天气情况，通知学生做好相应准备。

（2）发车时遇有天气变化，有可能对行车安全造成影响时，要果断采取措施，做出延时或变更处理，并针对学生可能出现的情绪波动，做好引导、说服教育工作，妥善处理善后事项。

七、车辆故障处理

（1）活动前要求承办方检查车辆车况，车况不良必须更换，否则不得发动车。

（2）途中车辆故障：①带队跟车教师及时把故障情况告知校领导和承办方；②因故障影响安全时，一定要做出停驶的决定，向承办方提出紧急调车改车的要求；③因故障影响行驶时，短时内无法修复的，处理同前。

（3）车辆换乘时，带队教师维持好学生秩序，严禁下车随意走动，尤其应防止交通事故发生。

（4）途中遇车辆失火，应立即要求司机停车开门，同时指挥学生不要惊慌，如火势较小，前部学生从前门下，后部学生从后部应急门下；如火势较大，可视情况破窗逃生。下车后，及时组织学生疏散到安全地带，一名教师清点人数，一名教师负责及时向领导报告情况。如有学生受伤，应立即组织抢救。

八、交通事故处理

（1）若有重伤情况，即刻拨打 122、120、999，并立即组织抢救。

（2）迅速报告校领导，调动应急车赶到事发现场。

（3）保护好现场，指挥师生撤离至安全地点。

（4）向上级领导报告事故情况。

（5）安定学生情绪，询问、检查学生受伤情况，将受轻伤学生送往医院检查、诊治。

（6）立刻成立事故处理小组，分别负责家长、公安、医疗、保险等各方接洽，妥善处理善后事宜。写出书面报告，总结经验教训。

九、防火安全预案

此次活动要加强防火安全教育，提高全体师生的防火安全意识，并通过会议、提醒等多种方式来提高防火安全意识。做到人人知防火，人人重安全。

（1）组织学生学习防火安全教育知识。

（2）严禁随身携带火柴、打火机等火种。

（3）野炊时间，每组火堆旁要放有灭火的水盆和其他灭火器材，每组学生中要至少有一名同学专门负责防火安全。

（4）一旦发生火情，要立刻采取措施补救。

（5）重大火情发生时，迅速判断危险地和安全地，尽快把学生撤离危险地带，同时拨打 119 报警。

十、食品卫生安全预案

（1）学生要确保所带食品新鲜，未过期变质。

（2）学生饮食前要清洗双手和用餐工具。

（3）不要带一些不熟的或含有毒性的食物。

（4）一旦发生中毒，要在校医指导下，对食物中毒者进行急救处理，然后送往医院进一步治疗。

第三部分 山西、河南游学相关准备工作及行程纪要

一、山西、河南游学预设行程（宣传手册）

表 1　山西、河南游学预设行程表

时间	主要文化景点	住宿	人文知识体验
D1	云冈石窟——我国四大石窟之一，5 世纪中国石刻艺术之冠，被誉为中国古代石刻艺术的宝库	大同	历史：沿着魏孝文帝走过的路——从大同到洛阳，对照参观云冈石窟和龙门石窟，追踪来自异域的佛教逐步中国化的步伐，感受中华文化“有容乃大”的博大和包容。 语文：体会冰心笔下的云冈石窟：“万亿化身，罗刻满山，鬼斧神工，骇人心目。一如来，一世界，一翼，一花，一叶，各具精严，写不胜写，画不胜画。后顾方作无限之留恋，前瞻又引起无量之企求……”相信云冈石窟也会给你留下“无限之留恋”，引起“无量之企求”！ 宗教与哲学：从佛像感受艺术与宗教情怀——“宗教所涉及的与其说是行动本身，毋宁说是人的心情，是心的天国”…… 地理：思考旅游资源的开发对文物古迹的影响。

续表

<table>
<tr><th>时间</th><th>主要文化景点</th><th>住宿</th><th>人文知识体验</th></tr>
<tr><td>D2—D3</td><td>乔家大院；
平遥古城——国内保存最完整的一座古代县城；
晋祠——晋水的发源处</td><td>平遥古城</td><td>历史：拍摄《大红灯笼高高挂》的地方，寻找历史教材中曾经熟悉的景象，了解晋商的辉煌历史，学习晋商的奋斗精神。
政治：走进乔家。遥想乔致庸扭转高粱霸盘，南下武夷山贩茶，涉足票号业。近距离理解一代晋商“货通天下，汇通天下”的义利观，并对其进行哲学思考。
地理：你还记得旅游景区规划的原则和内容吗？民居建筑风格怎样体现当地气候和文化的特点？你还记得旅游资源开发评价都有什么内容吗？那些我们死记硬背的条目在实际场景中是如何运用的，让我们一起去平遥古城做个实地调查分析吧！
摄影：和王世宏老师一同走进平遥国际摄影展。</td></tr>
<tr><td>D4</td><td>壶口瀑布——黄河流至壶口，两岸苍山夹峙，河水收束为一股，奔腾呼啸，景色分外壮观</td><td>壶口瀑布</td><td>地理：流水侵蚀形成什么地貌？壶口瀑布是怎样形成的？流水黄河水含沙量到底有多大？让我们一起去做实验和感受吧！
语文：面对壶口瀑布，相信你会吟出李白的《将进酒》——“黄河之水天上来，奔流到海不复回”；相信你会唱起《黄河大合唱》“风在吼，马在叫，黄河在咆哮”；也相信你会有类似于梁衡的人生思考……</td></tr>
<tr><td>D5</td><td>二程墓、洛阳博物馆</td><td>洛阳</td><td rowspan="2">哲学：程颐、程颢是宋明理学的奠基者，在中国哲学史上的地位举足轻重。程颢认为万物本属一体，人生的最高境界就是发明本心，自觉达到与万物一体，因此较多地强调内心静养的修养方法。你了解“程朱理学”吗？程颢的识仁、定性，程颐的性即理、主敬、体用一源等许多重要哲学概念和命题，都是中国哲学史上第一次提出来的，为后来许多哲学家所沿用，对宋明哲学产生了重大影响。程颢如何追求浑然一体的精神境界？二程道德修养学说对我们后人有何启发？他们关于天理与人欲、格物与致知的观点是什么呢？让我们潜心走进二程，祭奠思想的巨人，站在巨人的肩膀上，我们会看得更远！
美学：从龙门石窟雕像看唐代服饰、舞蹈的审美特征，领略南北文化交融之美。</td></tr>
<tr><td>D6</td><td>龙门石窟——国家 5A 级景区，是北魏、唐代皇家贵族发愿造像最集中的地方；
白园——白居易墓</td><td>安阳</td></tr>
</table>

续表

时间	主要文化景点	住宿	人文知识体验
D7	殷墟——中国考古学诞生地、甲骨文发祥地；殷墟博物馆展出的文物，每件都是国宝级精品，是商代辉煌历史的缩影； 岳飞庙	安阳	语文：，这是什么字？这是“莫”字！像不像太阳落到树林中了？那不就是“暮”的意思嘛，原来，“莫”为“暮”之初文，“暮”为“莫”的后起本字。“莫春者，春服既成”中的“莫”通“暮”，你懂了吧？甲骨文在文字史上的地位如何？汉字的演变历史对文明演进的意义何在？甲骨文中蕴含什么天人关系思想？ 地理：洛阳所在的华北平原是怎样形成的？旅游活动对地理环境有利和不利的影响是什么？
D8	回京		

二、山西、河南游学申请报告

北京市第九中学
关于组织学生综合社会实践活动的申请报告

尊敬的区教育局领导：您好！

为贯彻落实中共中央《加强和改进未成年人思想道德建设的若干意见》，为了提升学生传统文化修养，提高学生学习课内知识的兴趣，我校组织高二部分学生利用暑假去山西和河南进行传统文化之旅。本次国内游学由五位老师跟团，即由文科班班主任兼地理老师刘文娟、文科班班主任兼历史老师付建河、语文老师魏萍和张小萌、美术老师王世宏负责管理。路线完全是老师设计的，涉及民族文化厚重的两省——山西、河南。五位老师已经开始设计课程，分为出发前、游学中和游学后三个部分。学习是本次游学的重头戏，老师将会从本学科知识点出发，充分发掘线路中与本学科相关的知识，在游览过程中不断呈现给学生。

通过活动的开展，让学生走出校园，走近自然，丰富学生的课余生活；让学生在活动中感知，在活动中交流，在活动中学习，在活动中陶冶情操；在活动中锻炼学生的顽强意志，提高运动能力，扩展学生的交往范围，增强交往能力；促进团结协作精神的提高，提供学生互相交流的机会，培养学生的团队意识，推进和谐校园的建设。

经学校研究决定：2015 年 7 月 13 日至 2015 年 7 月 20 日组织高二年级部分师生参与为期 8 天的“行走中国之山西河南文化之旅”实践活动。

活动合作单位：北京 ×× 旅行社有限公司

所用车辆：北京 ×× 旅行社有限公司

所需费用：2850 元/生（含门票、车费、责任险、学生人身保险）。

活动原则：坚持学生自愿原则。

参加学生共计 42 人左右，综合实践活动车辆于 7 月 13 日早 8∶00 由学校出发，7 月 20 日上午返回。年级组长亲自带队。在保证此次活动健康、有序、安全开展的前提下，达到锻炼学生的意志、耐力和体能，培养学生养成一丝不苟、认真、细致的作风的教育目标。

高二年级组和教育处制定了活动方案、安全预案，并对参加本次活动的师生进行了思想、纪律、安全、环保等教育；做好了各带队教师的活动前培训，同时教师及学生监护人每人签订了一份安全责任书，以确保师生的安全出行。此次活动学校已做好充分的准备，望教委领导予以批准！

校领导签字：

北京九中教育处

2015 年 5 月 29 日

三、安全责任通知书

各位家长：

为了认真贯彻落实“安全第一，预防为主”的原则，切实做好涉及教师及学生人身安全的各项工作，杜绝学生外出旅游期间一切安全事故的发生，确保学生旅游期间安全、愉快，特制定旅游期间安全责任书如下，请大家按要求做好督促工作。

（1）出游前，认真学习相关旅游安全常识，掌握必备的安全知识。旅游期间，遵守各项法律、法规和当地民俗；做到文明旅游、安全旅游；不参与各种封建迷信活动和非法集会，不毁坏文物，坚决抵制一切危害社会的不法活动；不要过多地与当地陌生人单独交流。

（2）确保学生的身体状况符合本次游学活动；携带必备的药品和设备。

（3）注意饮食卫生，保持良好的饮食习惯，严禁饮酒；谨慎对待街边小吃。

（4）个人贵重物品要妥善保存；夜间不得擅自离开宾馆；旅游期间，学生应严格遵守时间，不得单独行动，有情况及时向老师汇报。

（5）自觉遵守交通规则，注意交通安全，乘坐交通工具时不要携带危险品和违禁品。

（6）游学活动不安排旅游购物活动，学生自行购买旅游纪念品的责任自负。

（7）旅游期间，学生应严格遵守集体活动时间安排和计划规划，不得擅自、单独行动，有情况及时向老师汇报。

（8）旅游期间，年级组长及所有教师有监管责任，所有学生对旅游期间发生的以上安全责任事故自己负责。

学生家长电话 1：　　　　家长签字 1：

学生家长电话 2：　　　　家长签字 2：

年　　月　　日

四、山西、河南游学行程纪要

表 1　山西、河南游学行程纪要表

日期	行程	学生活动
第一天	7：00 出发，5 个小时后到大同，下午参观大同石窟，晚上住大同	学生在大同石窟做问卷调查
第二天	上午驱车去太原，下午参观晋祠，之后去乔家大院，晚上住平遥	学生在车上完成学案
第三天	上午跟导游参观平遥古城，下午自由活动，晚上住平遥	晚上在客栈完成学案并进行辩论赛

续表

日期	行程	学生活动
第四天	上午乘车去壶口瀑布，下午游览壶口瀑布，晚上住壶口	在壶口瀑布唱《黄河大合唱》，采集黄河水测定含沙量，晚上在宾馆大厅预习朱程理学
第五天	上午驱车去洛阳，下午去龙门和白园，晚上住洛阳	在白园祭拜白居易，组织学生学习《长恨歌》，晚上在宾馆学习朱程理学
第六天	上午去洛阳博物馆，下午去二程墓，晚上住安阳	祭拜二程墓
第七天	上午参观殷墟，下午拜谒岳飞庙，回安阳后参观袁林，晚上住安阳	在岳飞庙全体朗诵《满江红》
第八天	早饭后驱车返京	

五、山西、河南游学学习纪实

游学全程中最艰苦、师生们付出努力最多的是“学习”，游学活动成功的关键因素是突出“学习”，“游”是形式，“学”是内容，游为学服务，学使游富有意义。下面，简要介绍我们的学习过程。

行前，语文、历史、地理、政治、美术老师通力合作，确定行程，编写了 30 余页的学案。学生期末考试后，距离游学还有数天时间，我们让学生自由分组，责任到人，读书、上网查阅自己负责部分的知识点，组织学案上问题的答案，到时每游览完一个地方，在车上或者宾馆里采取学生主讲、老师补充的方式，完成学案的内容。这样才能真正实现游前有准备、游时带问题、游后找答案的全环节学习、自主学习。

在云冈石窟，学生有客源市场的调查任务，为了更好地得到游客的配合，有学生提前带上校服，大热天还穿着那么厚的校服，我真心为他们的细心和好学感动。

调查问卷活动其实非常考验学生待人接物、处事应变的能力。孩子们要学会有礼貌地询问陌生人，要能不那么直白地打听一些涉及个人隐私的信息，要接受得了个别游客不礼貌的拒绝等。图 1 是张星杰和王智慧同学在问游客

图 1　向游客问卷调查

相关的问题。

学生们的英语口语基础都不错，但是敢于张口与外国人交流还是需要一定勇气的。图 2 是鲁澎同学在向国际友人问调查问卷上的问题。

图 2　向外国游客问卷调查

现场观察所得能够补充、纠正从书上、网上得到的知识和结论。图 3 是学生根据调查实际情况讨论问卷。图 4 是学生们在参观间隙回顾学案上的问题。

我们利用一切可以利用的时间学习，使学生游览时有备而来，游览后能“趁热打铁”。方法是在车上给学生播放提前准备好的与游览相关的光盘，老师和学生都会利用在车上行走的时间讲解知识。图 5 是张星杰同学回到车上给大家讲解大同云冈石窟地理部分学案的内容。如图 6 所示，李泊桥同学的讲解把大家逗乐了。

老师们并不囿于学案内容，在整个游学期间

随时发现问题，联系教材、联系学生随时讲授。在车上老师还讲解了路边田野里种植的农作物。（谢谢旅游公司的白导，她提醒我们可以给学生讲一讲车外的“青纱帐”。这真是“三人行必有我师”。）那对学生而言是很新鲜的东西，书本上的抽象概念由此得到感性材料的印证、说明，他们听得非常认真。

图 3　讨论问卷

图 4　阅读 · 印证

图5　学在路上（1）

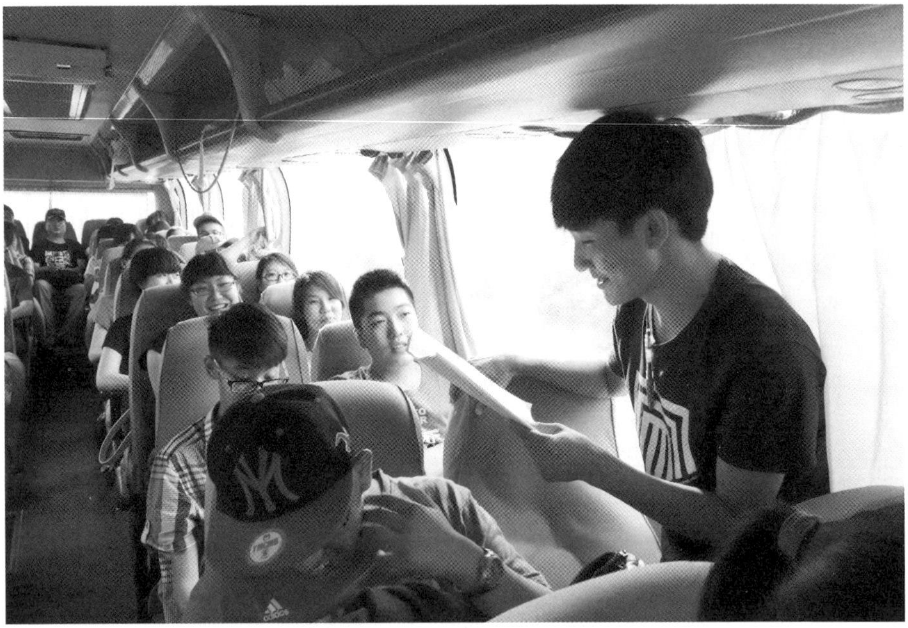

图6　学在路上（2）

在游览平遥的过程中，同学和老师发现了平遥古城开发过程中的问题，吃完晚饭后，在客栈的小院里进行了“古城开发：政府主导 VS 个体自由开发”的辩论赛，我觉得同学们的热情非常高，辩论很激烈，连客栈的服务员都忍不住来旁听。图 7、图 8 是辩论赛前，同学们抓紧准备。对于如何明晰己方论点、充实论据，同学们凝神思索。图 9～图 11 是辩论赛会场，主持人挺有气场的，可惜我们没有抓拍到更传神的照片。舌剑唇枪处，选手们有点激动。辩论赛一直持续到华灯初上，离队外出刚刚回来的付老师还带来了绵山市场化开发的鲜活例子。

去壶口瀑布的路上穿越黄土高原，地理刘老师指着窗外不断变换的黄土地貌不停地给学生讲解一些概念——原、梁、峁、沟、谷、台，以及各种防治水土流失的工程名词——淤地坝、鱼鳞坑等，让学生能把课本上所学的知识尽量和眼前的景象结合起来。在壶口瀑布，地理学科的一个具体任务是估测黄河水含沙量。我们要找水流比较快，又能安全取水的地方。学生提前准备了登山杖和钓鱼线，小组的每个人都取了一次水，我们一共取了两矿泉水瓶的黄河水。图 12 是学生们在壶口瀑布取河水测含沙量。

图 7　辩论赛前紧张的准备工作（1）

图 8　辩论赛前紧张的准备工作（2）

图 9　激烈紧张的辩论（1）

图 10　激烈紧张的辩论（2）

图 11　激烈紧张的辩论（3）

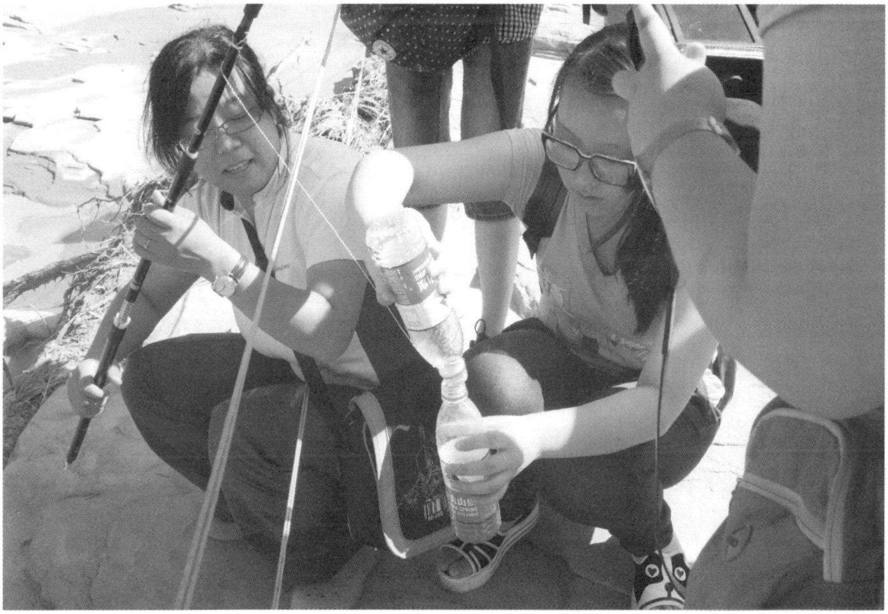

图 12　实测黄河含沙量

吃完晚饭，在壶口宾馆宽敞明亮的大厅里，我们开始完成今天的学案。山西的行程已经结束，我们第二天一早就开赴河南。晚上，付老师又带领大家预习了河南的相关内容——朱程理学，为河南之行打下坚实的基础。图 13 是我们游览完瀑布的那天晚上，在壶口宾馆大厅里，付老师带领大家阅读二程语录的情境。

图 13　品读二程语录

图 14　了解龙门书法

河南的第一站是龙门石窟和白园。龙门石窟景区里关于“龙门二十品”的介绍展示是一般游客都会忽略的，我们美术老师却抓住机会给孩子们讲述了书法相关知识，见图 14。在白园，同学们重温了白居易的生平，再一句一句解读了《琵琶行》，最后在白居易的墓前朗诵《观刈麦》《琵琶行》，并鞠躬悼念。图 15 是学生在解读《琵琶行》。图 16 是山雯雯同学在主持学习。图 17 是大家在白居易墓前祭奠的情境。

图 15　白园读白诗

图 16　山雯雯同学主持白诗鉴赏

图 17　凭吊白居易

第二天要祭拜二程墓，晚上，大家挤在付老师的房间里看朱程理学的视频，虽然有空调，但是人太多，很闷热。为了听得更清楚，黄景男同学 DIY 了扩音器——用导游的腰麦扩放笔记本电脑的声音，还用纸巾制作了降噪设施，充分展示了理科男的聪明才智和动手能力。图 18 是我们在观看朱程理学的视频。

图 18　集中学习朱程理学

图 19　恭祭二程

游学之学的精华不仅在于知性与理性，更重要的是它提供了感悟、提升情感态度与价值观的感性材料与经验。亲临其境、亲临其中得到的震撼和感动是任何多媒体教学手段和教师三寸不烂之舌所达不到的效果。在白园凭吊白居易的过程中，从孩子们凝重的眼神和肃穆的态度中，我们感受到同学们对先贤的尊崇，以及对传统文化的尊重。这让老师们很受感动，也非常兴奋，决定要为明天祭拜二程墓做更多准备——购买鲜花两束；付老师连夜赶写了《祭二程文》。图 19 和图 20 是我们在二程墓前背诵《大学》，由付老师朗读祭文，献花，鞠躬如仪。

图 20　献花仪式

游览殷墟的半天里，同学们深深地被我们祖先的智慧折服——甲骨文、汉字真是神奇的文字。

图 21 是同学们在感受甲骨文的神奇。

学习活动见缝插针，不浪费一点时间。下午参观结束后，距吃饭的时间还有一个小时，同学们就在餐厅拿出学案，学习起来（见图 22）。

图 21　漫步于甲骨文长廊

图 22　餐桌当课桌

学习要善始善终。图 23 是最后一晚在宾馆学习的场景，一直学习到深夜 10 点半。回北京的路上，同学们总结游学收获，积极发言（见图 24）。

图 23　宾馆当学堂

图 24　汽车也是我们的课堂

参考文献

［1］姜莉丽．云冈石窟［M］．长春：吉林出版集团有限责任公司，吉林文史出版社，2009.

［2］李恒成．云冈石窟与北魏时代［M］．太原：山西科学技术出版社，2005.

［3］张德一，杨连锁．晋祠揽胜［M］．太原：山西古籍出版社，2000.

［4］梁思成，林徽因．太原县晋祠［J］．中国营造学社汇刊，1935，5（3）．

［5］张正明，张舒．晋商兴衰史［M］．太原：山西出版集团，山西经济出版社出版，2010.

［6］张桂泉．平遥古城［M］．广州：广东旅游出版社，2001.

［7］中国大百科全书总编委会．中国大百科全书（第10分册）［M］．2版．北京：中国大百科全书出版社，2009.

［8］陈长文．龙门石窟［M］．长春：吉林出版集团有限责任公司，吉林文史出版社，2009.

［9］杨刚亮．伊阙的形成与传说——兼谈龙门石窟选址原因［N］．中国文物报，2012-06-04.

［10］蹇长春．白居易评传［M］．南京：南京大学出版社，2002.

［11］姚利芬．拂衣起谢人间事——白居易与香山九老会［J］．百家讲坛，2013（3）．

［12］徐正英．论河洛文化的根源性特征［J］．河南社会科学，2010（6）．

［13］陈来．宋明理学［M］．沈阳：辽宁教育出版社，1991.

［14］程颢，程颐．二程集［M］．王孝鱼，点校．北京：中华书局，1981.

［15］杨善清．中国殷墟：去安阳认识商代文明［M］．上海：上海大学出版社，2006.

［16］王曾瑜．尽忠报国——岳飞新传［M］．石家庄：河北人民出版社，2001.

［17］龚延明．岳飞评传［M］．南京：南京大学出版社，2001.

后　记

旅游的目的不仅仅是学到科学文化知识，更在于旅途中遇到的人与物所引起的心灵共鸣，即陶冶情操。高二暑假，学生已有了一部分学科知识和人生阅历的积累，是进入高三紧张学习的最后一段轻松时间。因此很希望通过游学活动，师生们一起出去走一走，看一看，在学会一些知识的同时，能够领悟旅游的真谛——绝不是上车睡觉，下车拍照；能够领悟游学的真谛——游是载体，学是核心，提升人文素养是目标；能够认识自己的家园——这样的山河，这样的历史，这样的风情，这就是我安身立命的地方。

最初，我们只是抱着这样的想法，组织一次寓学于游的暑期游学。然而在实施的过程中，我们对游学的认识逐步深化；结合学校的校本课程建设规划，学习了最新高考改革指导意见和把握了高考趋势后，我们意识到可以把游学作为校本课程进行开发建设，使其成为培养全面发展人才、渗透传统文化教育、与高考要求接轨的一门全新课程。于是，研究制定课程标准，编写学习手册，制定教学实施方案，直到在游学实践中贯彻落实。

游学课程极大拓展了教育教学资源。一路走来，名胜古迹、山川地理、植被作物、社会生活、风俗习惯，或印证教材结论，或填补知识空白，或拓展见识，或引发思考，如行山阴道上，目不暇接，如入七宝洞窟，俯仰皆是。一路上，有老师见缝插针的讲授、恰到好处的点拨，有同学仔细的观察、深沉的思考、热烈的讨论。全程在教，全程是学，全程教学相长。孔子当年厄于匡而弦歌不辍，如此良好条件的游学又怎能不追踪前贤呢？

面对这么多不期而遇的收获，我们决定不做孔子——他老人家“述而不作”，我们多了一些实用性、功利性想法，要对此次游学进行系统总结和反思，把成果汇总结集。这既是对自己辛苦付出的一个总结和奖赏，也可以为下一步继续开展游学活动提供一些借鉴。

本书初稿出来后，出乎意料地得到了北京市区学科专家的好评，得到了同行的赞许，这又助长了我们的野心：将其出版，公之于众，以期能对更多有机会组织学生游学的一线教学岗位上的老师们有所裨益，能对那些热爱祖国历史文化、关心学生全面成长但苦于传统课堂没有更佳传授渠道的老师们有所裨益，能对更多渴求知识、喜欢旅游但又面临高考压力的同学们有所裨益。

这一想法一出来便得到了学校领导的支持，林校长欣然作序，对我们的工作给予了肯定，亦是对我们提出了更高的要求和展望。在此，对林校长表示衷心的感谢！

同时，我们的出版设想得到了知识产权出版社的支持，陈晶晶编辑热心规划、认真审阅原稿、提出从行文格式到体例修订等方面的建议，亦付出了很大心血。在此，也表示感谢！

本书“课程述要”“课程标准”部分由付建河执笔，“安全预案”“申请报告”等由张小萌负责，“游学纪实”由付建河（历史学科）、刘文娟（地理学科）负责，此外，参加“游学手册”（学案）编写的老师还有王世宏、魏萍、郑红梅老师，全书由付建河统稿。在本书编写过程中，特别是“游学手册”部分的“知识链接”环节，还参考了一些其他学术成果，在此一并致谢！

付建河

2016 年 3 月于北京市第九中学